汤姆·斯威夫特和火箭飞船

【英】维克多·阿普尔顿Ⅱ 文
燕锐锋 等图
刘庆双 等译

江西·南昌
江西科学技术出版社

图书在版编目（CIP）数据

汤姆·斯威夫特和火箭飞船 /（英）维克多·阿普尔顿Ⅱ文；燕锐锋等图；刘庆双等译. -- 南昌：江西科学技术出版社, 2018.3（2024.1重印）
（汤姆·斯威夫特丛书）
ISBN 978-7-5390-5888-7

Ⅰ.①汤… Ⅱ.①维…②燕…③刘… Ⅲ.①儿童故事-英国-现代 Ⅳ.①I561.85

中国版本图书馆CIP数据核字(2017)第049778号

国际互联网(Internet)地址：http://www.jxkjcbs.com
选题序号：KX2016064
责任编辑：饶春垚

汤姆·斯威夫特和火箭飞船
TANGMU SIWEIFUTE HE HUOJIAN FEICHUAN

〔英〕维克多·阿普尔顿Ⅱ　文；
燕锐锋　等图；刘庆双　等译

出版发行	江西科学技术出版社
社址	南昌市蓼洲街2号附1号
	邮编：330009　电话：(0791)86623491　86639342（传真）
印刷	三河市嵩川印刷有限公司
经销	各地新华书店
开本	700mm×1000mm　1/16
字数	114千字
印张	11
版次	2018年3月第1版　2024年1月第2次印刷
书号	ISBN 978-7-5390-5888-7
定价	39.00元

赣版权登字-03-2017-63
版权所有　翻印必究
（赣科版图书凡属印装错误，可向承印厂调换）

前言 QIANYAN

人总是离不开阅读,特别是在现代化信息时代,阅读无疑更是我们难求的一片宁静港湾,让我们有机会去感受、去体悟、去反思、去认证我们的这个世界和未来的世界。

科幻小说是一种起源于近代西方的文学体裁,在尊重科学结论的基础上进行合理设想后形成的文学作品,具备"逻辑自洽""科学元素""人文思考"三个要素。科幻小说与一般的传统小说不同,其特殊性在于它与科学技术的发展有着直接的联系,能让读者间接了解到科学原理。但它又是一种文艺创作,它扎根于社会现实,反映社会现实中的矛盾和问题,在科学技术发展的方向上,提供若干有参考价值的预见。有时,某些科学发明尚未出现,科幻小说里则已经进行生动的描绘,如潜水艇、机器人和宇宙航行等。

著名文学评论家布哈伊·哈桑曾说,科幻小说可能在哲学上是天真的,在道德上是简单的,在美学上是有些主观的,或粗糙的,但就它最好的方面而言,它似乎触及了人类集体梦想的神经中枢,解放出我们人类这具机器中深藏的某些幻想。

阅读科幻小说至少让我们有如下的感受：

一、文学的轻松愉悦

科幻小说的主题非常明显，它会涉及"未来"和"未知"、"科学"和"规律"、"生命"和"文明"、"生存"和"冒险"等等，每一本科幻小说都是一个全新的世界，每一次阅读都是一段全新、充满惊喜的精神旅程。

二、科学与严谨的想象

爱因斯坦说过，想象力比知识更重要，因为知识是有限的，而想象力概括着世界上的一切，推动着进步，并且是知识进化的源泉。通过阅读科幻小说，感悟其中的想象力，在人文、哲理的思索上，在思想道德意识的增强上所起到的作用是潜移默化的、是发散性的，其威力是不可估量的。

三、引发科学与理性的思考

科幻小说中的"科学方法"是一种有系统地寻求知识的程序，涉及"问题的认知与表述""观察与实验搜集证据""假说的构成与测试"。简单地说就是一个科学理论要经过观察、解释、预测、确认、评估、发表的程序，才能从一个假设发展成原理。科幻小说的"理性思考"就是遵从客观规律、进行逻辑分析的思考方式。

《汤姆·斯威夫特》系列曾是国外流行的科普小说，书中很多的科幻内容今天都已经变成了现实，它曾影响了几代读者，它伴随了很多人的成长。现以中文出版此书，相信书中的情节与科学，也会给中国读者带来同样的快乐体验。

目录 MULU

第一章　消失的飞行员……………………………001

第二章　燃料喷射器……………………………008

第三章　追踪线索………………………………015

第四章　首次试航………………………………023

第五章　破坏活动………………………………035

第六章　发射火箭………………………………041

第七章　坠毁的飞机……………………………049

第八章　偷渡者…………………………………057

第九章　别出心裁的逃亡………………………064

第十章　工作中的机器人………………………071

第十一章　编码威胁……………………………079

第十二章　危险的酸液…………………………087

第十三章　惊人的上升…………………………093

第十四章　紧急命令……………………………………… 101

第十五章　偷盗未遂……………………………………… 107

第十六章　运输航天飞机………………………………… 114

第十七章　重要的俘虏…………………………………… 119

第十八章　即时干扰……………………………………… 126

第十九章　幽灵风………………………………………… 139

第二十章　天外来祸……………………………………… 146

第二十一章　太空来的消息……………………………… 150

第二十二章　凶　兆……………………………………… 156

第二十三章　攻　击……………………………………… 160

第二十四章　载入史册的胜利…………………………… 164

第一章　消失的飞行员

"有人飞进了我们的禁区!"警报器响起的时候,汤姆·斯威夫特的大叫声打破了午夜火箭实验室的宁静,这个实验室位于费林岛上。

18岁的科学家汤姆把手中的两个扳手放在了那台新安装的柱状钛金属机器旁边,这个机器也是火箭的"心脏"。在他的旁边站着一位身材强壮、头发乌黑的年轻人。汤姆转过头对他说:"巴德,快,打开巡逻镜!"

巴德·巴克利紧张又激动地走到墙边,轻按了一下大屏幕下方的开关,接着三个绿色的光点在一个大圈里顺时针移动起来。忽然,其中一个点朝着一个白色的小点径直飞去。

"我们的无人机就在这个飞行员后面!"巴德惊呼道。

每架无人机都装有一个先进的设备——迫降器,汤姆的发明之一。这个装置由指挥塔内的蜂鸣箱操控,能够截获飞机并把它们拖到费林岛的飞机场。

"这可能是一次攻击,目的是要摧毁我们的火箭基地!"巴德大叫道。

"快跑!"汤姆催促着并飞快地朝门口跑去。

汤姆·斯威夫特和火箭飞船

第一章 消失的飞行员

在他们从实验楼跑出来的时候,汤姆飞快地扫了一眼矗立在夜空下的那两艘火箭飞船。一架是试飞的无人机,另一个是尖头状的庞然大物,汤姆和巴德想用它来征服太空。

警报系统的鸣笛声让人注意起这个岛来。巨型探照灯一打开,人们就朝着入侵的飞机跑去。男孩们抬头向岛中心看时,探照灯刺眼的光让他们什么也看不见。

"是一架俯冲动力非常强大的客机!"汤姆叫道。

"已经联系上无人拦截机了,它在迫使入侵的飞机降落!"巴德高兴地说道。

男孩们跳入一辆吉普车,加速驶过那两艘多级火箭。

"嘿,汤姆,你认为那个飞行员是要通过自杀的方式来破坏火箭飞船么?"巴德问道。

"可能吧,可以肯定的是每个有执照的飞行员都知道这里是禁区。"汤姆回答道。

男孩们开着车呼啸着赶往飞机场。飞机场建在这座5千米长的岛的东端;与此同时,警报器的声音也渐渐变成嗡嗡的哼声。

"飞机正在降落!"巴德大声喊道。

汤姆停下车,两个男孩跳下来。在他们正前方,两架飞机比翼倾斜飞来,被拦截的飞机轮廓在机器人炽烈炫目的红光照射下显得非常清楚。当拦截机拖着它的战利品滑行时,汤姆和巴德紧张地看着这个只有拦截机一半大小的入侵者。

拦截机一停下来,汤姆和巴德就冲了过去。汤姆用力打开客舱门,看了看里面,而后立刻返回来,大声说道:"飞机里没人!"

"没人!"巴德重复了一次,"或许是无线电控制的。"

"不，这是一架普通的客机。"汤姆回答道，"巴德，我认为在机器人拦截这架飞机之前飞行员就已经跳伞了！"

"然后他就有机会从水里出来往岛那边游去！"巴德说道。

"非常好的机会，我们要搜索沙滩的每个角落。"汤姆冷静地说。

汤姆从飞机库出来，给指挥塔打了个电话，要求再次拉响警报器，通知全体人员搜索岛内及周边海域。

"我要用直升机搜索。"说罢，巴德便向一架速度很快的新直升机跑去。

快艇也从北面和南面的码头分别出发，从洒在岛内的圆锥形灯光中疾驰而出，咆哮着加入了搜索行动。搜索人员呈"之"字形行动，用探照灯扫视波涛汹涌的海面。

与此同时，在南面的沙滩上，汤姆手持对讲机与其他搜索人员保持联系，指挥着一组搜索分队的行动。汉克·斯特林也在这个分队中，他是斯威夫特公司制模部门的首席工程师，他精湛的模型制作技术是制造火箭这项精密工作不可缺少的部分。汤姆把内陆斯威夫特企业集团工厂里的大部分员工都调出来了，那儿建有几个现代实验室、工厂，汤姆和他的爸爸就在那里进行试验。

汉克扫了一眼天空说："飞机是从南方飞过来的，如果我的推断没有错，飞机想要朝这个方向飞去。"

"是的！"汤姆附和道。

汤姆·斯威夫特是这个国家最年轻的火箭专家，在参加了世界火箭制造大赛后，他制造出了机器人来保护这片海岛。他希望能成为第一个搭载火箭进入太空的人，并绕着地球完成两个小时

第一章 消失的飞行员

的轨道飞行。

国际火箭学会为这个大赛提供了八十万元作为奖金。当其他国家的火箭研究团队想要参加这次大赛时,国防部积极配合,把这个拇指形状的岛屿设为了禁区。

"几个人去搜索海岸范围内几千米的内地,飞行员很可能藏在某个低沙丘后面。"汤姆提出建议。

"你说得对,这些低沙丘的确是很好的藏身之所。"汉克回答。

汤姆命令搜索分队呈扇形散开,向西延伸进行搜索。巴德正在离海岸不远的空中巡视,用巨大的探照灯从直升机上往下照射。

突然,汤姆的对讲机传来噼啪声,接着巴德兴奋的声音从直升机那边响起:"我正好照到他了!他快游到海岸了,看得非常清楚。"

搜索人员随着从直升机照下来的灯光,冲到海滩,看到了游泳的人,他正在与凶猛的海浪做斗争,很明显快要筋疲力尽了。在他快要坚持不住的时候,汤姆脱掉了鞋子,跳入海浪,奋力游动,不久就游到了这个力气全无的人身边。

汤姆把他的头拉出水面,带着他游到了岸边。这个人只穿着短裤和衬衫,长长地出了一口气后,倒在沙滩上,无论怎样也叫不醒。

"我们最好把他带到医务室,让卡曼医生看一看。"汤姆建议道。

斯特林陪着他去了医务室,汤姆回到自己房间换衣服。换完衣服后,汤姆返回到飞机库与巴德会合。停稳直升机后,汤姆建议检查一下机器人拖回来的那架神秘的飞机。

"当然了，飞机上可能会有飞行日志，那样就能知道这个人是谁。不过，让我疑惑的是，这个人到底是什么时候跳伞的？他为什么要跳？"巴德问道。

"因为他认为游泳是唯一进入岛内的方式，我们的雷达能监测到船只，所以他不能用那种方法登陆。"汤姆说道。

男孩们进入入侵飞机后，只在放仪表盘的隔间找到一本飞行日志。

"V城，下午11点。"巴德从汤姆的肩膀上看过去，读道，"爱德华·盖茨，飞行员。"

"巴德，你去打电话给那边的值班人员核查这个信息，好吧？爸爸在肖普顿，我得提醒他。"

在斯威夫特企业集团工厂内，汤姆迅速按下了一组私人号码，他让话务员把电话接到家里，之后那位老发明家接通了电话。

"汤姆，发生了什么事？"

"爸爸，我认为这次入侵是一次蓄意破坏行动，但一切都在掌控之中。"汤姆简要地解释了一下并补充说，"我们的敌人也有可能入侵肖普顿，最好增加警戒人员的人数。"

"知道了，儿子，你要小心。"

当汤姆挂断电话的时候，巴德还在与V城的值班人员通话中。值班人员核查飞行日志后告诉巴德，日志上的起飞时间与记录上的吻合。巴德又问了值班人员几个关于机主的问题。

"我在飞机场从来没见过他本人或者他的朋友。"值班人员说。

"他的朋友？"巴德重复了一遍。

"这个日志只记录了飞行员爱德华·盖茨一个人！"巴德告诉

第一章 消失的飞行员

值班人员他们只救了一个人,"飞机上还有没记录的乘客么?"

"可能有。"

值班人员只能大致描述一下盖茨和他那个陌生的同伴。值班人员还说,盖茨说话带有轻微的口音,是两人之中较高的那个,两人都是中等身材。巴德谢过了值班人员,挂了电话,又告诉了汤姆这些惊人的消息。

"巴德!加速!"发明家汤姆大声叫了出来,"让搜索分队再次行动起来!可能有另外一个入侵者游进来,也许他已经在岛上了,通知实验室和火箭飞船旁的警卫,加强警戒。"

"你要去哪里?"汤姆出去的时候巴德问他。

"回到海滩上。"

"你不要一个人去。"巴德大叫道,"等一下,发明小子,你在这里太重要了,不能有危险啊。"

在巴德用扩音器下令重新开始搜索时,汤姆停了一下,之后警报器再次响起,两个男孩跳入吉普车,驶向海滩。

巴德坐在汤姆后面,握着探照灯,慢慢地旋转。明亮的灯光随着高速行驶的吉普来回摇晃,颠簸移动在沙丘间。

"汤姆,快看!"巴德突然大叫了起来,"灯光刚才照到了一个人,光线一照到他,他就趴下去了!"

汤姆飞快调头,开着吉普冲向巴德刚才指到的地方。在他们前方30米处,一个男人缩在沙滩上,他的衬衫湿透了,裤子紧贴在身上。

第二章　燃料喷射器

汤姆和巴德跳下吉普车，朝那个身体隐藏了一半、全身湿透的男人跑去。这个男人举起双手，做出了投降的姿势。

"我知道我闯入了禁区。"他用低沉、略带外国口音的声音说，"但是我的生命比任何东西都重要。"

他的话让男孩们有些震惊。如果一个人在无意中犯了错误，他是没有什么好怕的。

"你是爱德华·盖茨吗？"汤姆严肃地问。

这个陌生人愣了一下，然后回答："什么？嗯，是的。你怎么知道的？"

"你的飞行日志上有记录。"

"我的飞机撞上这个岛了么？"这个飞行员像是不能相信这个事实，反问了一句。

"我们把它带进岛里了。"汤姆回答，但是他并没有解释怎样带进来的，"你为什么在禁区里飞行？"

"出了点问题，我没法返航，所以我跳伞了。"

汤姆和巴德飞快地相互看了一眼。这个陌生人真的是无意中飞进岛内的么？年轻的发明家把自己的毛衣脱给了这个飞行员，扶着他坐进了吉普车。

"我们会亲自送你回到内陆,你来自哪里?"汤姆说。

"那提市。我为钢铁公司驾驶商务飞机。"

在吉普车快要到达飞机场的时候,盖茨问:"我的飞机发生了什么事?"

"不用担心你的飞机,难道你不想知道你的乘客发生了什么事情吗?"汤姆回答道。

盖茨的脸抖动了一下,倒吸一口气,重复了一遍:"乘客?"

"是的。你飞机上还有另外一个人,尽管你忘了在飞行日志上登记他的名字。"

这个飞行员迟疑了几秒问:"他也被救了吗?"

"嗯,被救了,但是他的状态不太好。"

盖茨向前弯下了腰,双手抓住了头,好像这样就能消除心中的悔恨。他不停地喃喃自语:"都是我的错!都是我的错!"

"你为什么没有把你朋友的名字写在飞行日志上?"汤姆问。

"因为他不想让他家里人知道这次飞行。"他飞快地回答。

"乘客叫什么名字?他来自哪里?"汤姆问。

"阿瑟·德雷顿,一个来自芝加哥的销售员,我载他飞行过好几次了。"这个飞行员回答。

"你带了飞行执照和其他的证件了吗?"

"都在这里。"飞行员说着用右手拍了拍他湿透了的衬衫里面的油布口袋。

"很好,随后我们会检查。还有,为什么你们两个都跳伞了?没有必要啊。"汤姆说。

"我们认为有必要，那架飞机就是冲我们来的，所以我们就跳了。"盖茨回答。

很显然，盖茨并没有试图躲避机器人，这又引起了汤姆的怀疑。当他们把车开进飞机库时，这个飞行员很紧张，他把证件交给汤姆的时候手抖了一下。

一切好像都很正常，除了没有这个男人的照片。当汤姆问他这个问题时，他说他正在办理新的证件，旧的照片已经扔了。

盖茨换上衣服说："我会带着德雷顿立刻离开。"

汤姆告诉他岛上的医生正在照看他的朋友德雷顿，等他能走动的时候就把他送到内陆。

"我想让他和我一块离开，你没有权利把他留在这里。"盖茨说道，语气渐渐有些挑衅。

"一个不省人事的人是没有选择权的。"汤姆反驳。

汤姆坚持让盖茨立刻离开，因为他始终对整件事抱有怀疑的态度，也避免让这个陌生人接触到火箭项目。

"德雷顿随时都有可能醒过来，我想带着他去看内陆的专业医生。"盖茨争辩道。

汤姆给医务室打了个电话解决了这件事。卡曼医生告诉汤姆，和凶猛的海浪做斗争所产生的张力，让患者的心脏负担过重，无论如何都不能移动他。

"盖茨，我认为就这么办吧，如果你需要，我们会把你的飞机加满油，你可以离开，但是得有人送你出去。"汤姆坚定地说。

汤姆和巴德低声说话的时候，盖茨皱了皱眉头，接着巴德迅速离开，几分钟后返回来，领着一个身材结实、大约三十岁的

第二章 燃料喷射器

男人。

"这是菲尔·拉德诺,我们的安保警员。"汤姆向盖茨介绍。

拉德诺点点头,平静地看着盖茨说:"我会陪着你去目的地。"

"你会做什么?"盖茨倒吸一口气,面红耳赤。

"根据禁区日常规定,安保人员要陪同不速之客离开本岛,走吧!"拉德诺说。

盖茨看了看他们,耸耸肩。有了拉德诺的严密看管,汤姆和巴德离开了。巴德立刻往一间小房子走去,那里是男孩们和汤姆爸爸每次来费林岛的"总部"。乔是前流动炊事车的厨师,他会花时间和年轻的发明家去探险,并帮忙准备食物。

"好吧,你们应该让火箭休息休息了!"这个身材矮胖、性格温厚的厨师大声说并打开了门,"你们这些夜猫子睡那么少,怎么工作?要说到我生活的地方……"

"嗯,我知道。"巴德打断了他,嬉笑着说,"你的意思是说你整天整夜都在睡觉。"

"根本不是这个意思。"厨师愤怒地说道,"哼,汤姆在哪儿?"

"他去实验室安顿喷射器睡觉了,要把他'宝贝'的这一夜安排好。"巴德笑着说。

"喷射器"是燃料火箭激发器,由25厘米的管子组成,共1米长。每个部件的末端都用更小的管子连接燃料管线。凸出来的部分用金属氧化物催化剂松松地包着,两端用铂纱布滤光器盖着。

汤姆的发明使用的是一种酒精液氧燃料化合物,用来吸收太阳高强度的辐射，同时把这种太阳能变成液氧替代品从而转化成爆炸性能强且有毒的蓝色液态臭氧。

有了这个喷射器的帮助，汤姆的燃料比其他已知的化合物更有效。除了酒精、液氧所产生的巨大燃烧热之外，汤姆还利用臭氧分解所产生的额外推力减少质量比。

回到实验室后，汤姆没有丝毫睡意，过去几小时的兴奋刺激了他的思想。

"是时候为爸爸做个日常记录了。"他决定。

汤姆和所有的优秀科学家一样，每天都会记下自己的新想法、发明的进程、数据和计算结果。这些记录已经有好几册了。其中的一部分讲述了他建立飞行实验室"蓝天女王"的故事以及勘探放射性矿石的历险记。

册子里也记下了他发明的小型原子潜水艇、喷气艇以及他和巴德一起遇到海盗时的激动时刻。

汤姆打开一个小保险箱，拿出一个很厚的装有封面的册子以及他和爸爸共用的代码本。自从来到费林岛，汤姆就很少见到爸爸了。这个火箭工程他做了特别详细的记录，这样斯威夫特先生每次来看他的儿子时都能看到。

"我现在很有信心。"汤姆用代码写下来，"十天后我就要发射载人火箭飞船了。尽管有些原料很稀少也不充足，但我已经为喷射器准备了充足的催化剂。只剩下实际发射器测试没有做了。如果测试成功我就有机会比竞争对手先发射载人火箭飞船。"

汤姆把记录册和代码本收起来放好，接着打开了另一个保险

第二章 燃料喷射器

箱,拿出了燃料喷射器放在了工作台上。

夜的寂静提醒着汤姆时间已经很晚了,他还独自一人在这里。汤姆忽然意识到,如果有意外袭击他会很容易被当成目标。他起床看向窗外,警卫在主要通道口站岗,年轻的发明家挥去了心中的不安。

他用钩子钩住了一个水泵,这个泵是用来给喷射器传送液态氧的。然后他在泵上系了一个流量表用来记录液氧流动的速度。

在火箭飞行中,氧气必须以每分钟千升的速度流进喷射器,这样才能达到助推器的要求。一旦有什么东西阻碍了这种流动,火箭就会停止运转,毁坏在太空中。

把设备注满染红的水之后,汤姆在泵模型前的玻璃视窗前蹲下,观察着氧流进入喷射器。他按了一下电源,听着泵运行时发出来的规律的呼呼声。

"太好了!"当看到鲜红的液体气泡通过设备时,他高兴地说。

汤姆很满意,他关闭了电源。等到实验室再次恢复死一般的寂静时,汤姆听到隔壁实验室有一些轻微的响声,他想可能是其他工作人员返回来关闭实验设备。汤姆很想找个伴,就匆忙进入了房间。

汤姆实验室明亮的灯光照清了入侵者的脸,是盖茨!

"站住!"汤姆大声喊道。盖茨跑进了走廊,汤姆跟在他后面。在汤姆冲到门口的时候,他按了一个按钮拉响了警报。当警报响起的时候,他在走廊里到处看了一下,已经没有入侵者的踪影了。

"盖茨一定是躲进了化学药品储藏室了,没有其他地方可以藏！"汤姆想着。

汤姆跳进了与他实验室方向相反的漆黑的储藏室。他还没来得及开灯，一个拳头就击中了他。汤姆踉跄着往后退了几步撞在一个有架子的桌子上。架子上的烧瓶、冷凝器、试管像瀑布一样散落到各个方向，落在混凝土的地面上，摔成了碎片。

之后一切回归了宁静。只有酸液从架子上滴落下来的声音。过了一会儿，汤姆摇摇晃晃地站了起来，小心开了灯，房间里只剩他自己了！

"盖茨溜走了！"汤姆懊恼地说。

想到自己离开的时候，喷射器还没有放好，汤姆轻轻地返回走廊，悄悄地进入自己的实验室。

盖茨正弯腰贴近喷射器，用扳手使劲旋开其中某个管子的螺丝。

汤姆偷偷地从背后移动到他身边，绷紧全身肌肉准备扑向这个入侵者。突然，盖茨站了起来盯着喷射器，他在喷射器闪闪发光的表面看到了年轻发明家的倒影！

汤姆向前一跳，与此同时盖茨挥舞起手中的扳手。扳手柄击中了汤姆的左耳上方。

汤姆头朝下跌在地板上，晕了过去。

第三章　追踪线索

"汤姆肯定遇到麻烦了!"巴德在从床上跳起来,穿上裤子和鞋子的时候心里想着,"警报是从实验室那边传来的!"

当巴德冲到外面的时候,警卫员们和睡眼惺忪的工程师朝着各自的岗位跑去。他能够听到远处汽艇的呜呜声。

巴德径直跑进了汤姆的私人工作室,进去后看到他的朋友毫无生气地躺在地上。某个恐怖的瞬间,巴德以为这个年轻的发明家没有了呼吸。

他弯下腰用手轻轻地抓着汤姆的手腕,感觉到了他平稳有力的脉搏,巴德轻轻地嘘了一声,松了口气。他从实验室的急救箱里拿出来一个有酒精香味的小瓶,打开后放在汤姆鼻孔下慢慢地摇。几秒钟后,年轻发明家的眼皮开始动了。巴德把他的朋友扶到沙发上,之后汤姆呻吟了一下,睁开眼,坐了起来。

"喷射器!"这是汤姆清醒后说的第一句话。

让男孩们松了一口气的是,喷射器还在原来的地方,汤姆飞快地看了一眼,盖茨并没有带走发动机的任何部件,他们安心了。汤姆通过扩音器解释了发生的事情,最后他说:"我认为是警报声把盖茨吓跑了,否则,他就把喷射器带走了。"

在那一刻巴德忽然完全明白了整件事情发生的经过。"那个骗子应该和拉德诺一块飞走了的。"巴德大叫着冲了出去。

"你说得对。"汤姆说,"我们现在首先要做的就是要核实一下他是否离开了,我觉得拉德诺应该和我一样被袭击了。"

"自从警报响了之后没有飞机起飞过。"巴德告诉汤姆。

在男孩们坐上吉普车时,汉克·斯特林匆忙向他们走来。汉克告诉他们,刚发现夜里定时在实验楼看守的警卫被袭击了。但是还没有抓到袭击者。

汤姆点点头发动了汽车,把车径直开到了灯火通明的飞机场。盖茨的飞机还在原处停放着。

从车上跳下来,巴德爬进了驾驶舱,男孩们最担心的事发生了,拉德诺倒在了他的座位上,不省人事。

"我们最好快点把他送进医务室!"巴德催促道。

汤姆也上来帮忙,他们把这位安保警员扶进了吉普车,送到了岛上卡曼医生负责管理的小医院。

"这真是一个忙碌的夜晚。"这位医生嘟囔着,开始给刚送进来的患者检查身体,"嗯,有人击中了拉德诺的头部,情况很严重。汤姆,恐怕你得给他放假了。"

汤姆和巴德彼此看了一眼,透露着一样的信息,盖茨的罪行一定会得到惩罚。

在离开医务室前,汤姆问了一下德雷顿的情况。卡曼医生说他的情况一般,最好不要设法让他开口说话。

"我认为最好明天早上用直升机把德雷顿和拉德诺运送到内陆的医院。"这个医生补充道,"汤姆,让我给你穿着的棒球服喷点防腐剂吧。"

汤姆头部的伤口用绷带包扎过后,他们才离开医务室,想着

第三章 追踪线索

接下来去哪里找盖茨。他们决定先去一趟安保办公室看看有没有可能忽略了哪个逃跑途径。

巴德抬头看着天上盘旋的机器人喷气机说:"有一点毋庸置疑,盖茨是不会想方设法飞离这个岛的。"

这个时候扩音器里响起一阵隆隆的声音:"汤姆·斯威夫特请到指挥部。"

"这是无线电话务长的声音,肯定出事了。"巴德大声说。

吉普车呼啸着朝指挥塔的方向去了。乔治·贝林接见了男孩们。

"我现在通知你取消这次研究计划。"贝林说,"刚接到一艘寻找入侵者船艇的报告,一架装有雷达干扰装置的水上飞机已经降落,还在我们的一艘快艇里找到一个男人。在搜索人员赶到之前他已经走了。我确定是盖茨逃走了。"

巴德说:"为了躲避搜查,盖茨混在了搜索船艇里面,不得不承认这个家伙很聪明!"

"而且他朋友也很聪明。"汤姆说,"所有的事情都是计划好的,他们希望盖茨丢掉他的飞机,故意安排他被水上飞机营救。所有的这一切都意味着他是一个骗子,并不是为那提公司驾驶飞机的。"

"你的意思是他偷了飞机?"贝林问。

"是的。"汤姆回答,"他或许还袭击了真正的盖茨本人,拿走了他的证件。"

无线电话务长愤怒地握紧了拳头。

"我们会抓到他的。"他说,"我要立刻给内陆警察、海岸警卫队、领空巡逻队发无线电。我们的人正把船艇拖进水中。"

在巴德的坚持下,汤姆回到了住处,但他却没能立刻睡下。

他们还没脱衣服,那个好像随时都带着合适食物的乔就给他们送来了热乎乎的汉堡和牛奶。这个厨师坚持让他们边吃边讲这个夜晚的历险。

"好吧,那个偷偷逃走的流氓真不是个好东西!"乔大叫道,"周围环境不安全的时候来到这个荒岛上感觉也真是糟糕。连个人影都没有,只有沙子、水和那个偷偷溜进这里像狼一样的家伙!"

乔跟男孩们道了晚安,拖着沉重的步子,回到了厨房旁边自己的房间。

第二天早上,巴德问汤姆接下来的几天打算做什么,年轻的发明家说,他第一个任务就是确认那个自称为盖茨的飞行员是否被调查了。他给附近的几个水上飞机基地打电话,都没有关于盖茨所劫飞机在哪着陆的消息。

但是快到正午的时候,V城机场回电说之前在费林岛着陆的飞机是被盗走的,飞行员的相关证件同时被盗。他们一直等到失主能够证明自己的身份才打来电话。至此,这个陌生飞行员的身份更加扑朔迷离。

汤姆告诉机场的工作人员,他会把丢失的飞机送回内陆,之后去医务室。知道德雷顿的情况有所好转后,他又去看了他。

"早上好。"汤姆对他说,尽量掩饰自己的激动,"我知道你准备去内陆的医院了,在你走之前,你能跟我说说你自己和你的飞行员朋友吗?"

"我没有什么好说的。"德雷顿回答,"当我从一个V城人那儿听说盖茨要飞回那提时,我决定和他一块儿。"

第三章 追踪线索

"但是他没有去辛辛那提。"汤姆提醒德雷顿。

"不,他说他要先来这里一趟,并且觉得我应该也想看一下你的火箭工程,接下来他就让我跳伞了。"

"他也让你把衣服和证件扔进海里?"汤姆问。

"我不想扔掉的。"德雷顿回答,"但是我没法穿着衣服游泳。"

汤姆一边告诉德雷顿这架飞机是偷的,飞行员是个骗子,一边仔细地盯着他的表情,德雷顿看起来很震惊,但也仅仅说道:"对于这些我毫不知情,我之前从来没有见过他,所以我想,如果他是一个骗子,那就是警察的事了。"

德雷顿所说的听起来很可信,但是汤姆还是怀疑。他会建议警察留意德雷顿的动静。当年轻发明家准备离开医务室的时候,卡曼医生把他叫进了办公室,关上门,小声地说:"汤姆,你可能会对这个患者失去意识时反复嘟哝的话感兴趣,他一直重复着'阿瑟·格雷,你是一个被抓的傻瓜',如果这个家伙不是德雷顿,或许他就是那个叫阿瑟·格雷的人。"

"又或者那个逃走的家伙是格雷!"汤姆说。

汤姆越想越确定这才是事实的真相。尽管这个年轻发明家非常渴望回去继续他的火箭工作,但是他认为首先应该做的是除掉这个工程所有的威胁。一个想法闪进了他的脑海,他径直走向了船坞。

"我们的'参观者'昨天夜晚乘坐的是哪艘快艇?"汤姆向随行人员问道,"我想要检查一下。"

在得知是哪艘船之后,巴德也和朋友一起来了,他问:"机长,现在情况怎么样了?"

"你看到那个在船头的黑色标记了么?我觉得它是从在这里着陆的水上飞机上面擦下来的油漆。"汤姆解释道。

他弯下腰用随身携带的小折刀把它刮下来,捡起碎屑放入了一个信封。

"这个东西对你有什么用呢?"他的朋友迷惑地问道。

汤姆抬起头,说:"这样有可能找到买油漆的人。警察都会要求厂商写下所生产的油漆当中含有哪些少量、不为人知、不可见的化学物质,在需要的时候以便识别。调查局给了我这个清单。巴德,来我的实验室,我要测试一下这些碎屑。"

在化学实验台上,汤姆把这些碎屑放在紫外线荧光光度计上。

"看这些微型蝌蚪!"巴德大声说道,"你指的是这些么?"

"是的。"汤姆回答。他打开一张桌子的抽屉,兴奋地拿出来一张表,"在这里,杰出油漆公司!"

男孩们开始打电话,首先打给杰出公司,再打给费城的一家水上飞机制造商。从他们那得知,这架入侵者驾驶到费林岛的铝合金材质水上飞机是一个月前卖给V城的批发商的二十架飞机中的一架。

接着汤姆给经销商打了个电话讨论了这个问题。他挂断电话之后,年轻发明家的眼睛闪亮了起来,他把刚才的对话转述给巴德,他说:"这个经销商查了所有的订单,所有的销售看起来都没有问题,除了一笔。"

"那个订单有什么奇怪的地方?"巴德问。

"是的,那个男人用现金付款买了三架,他竟然随身携带这么一大笔现金,真正令人惊奇的是,那个男人的名字就是阿瑟·格雷。"

"啊!"巴德大声说,"他来自哪里?"

第三章 追踪线索

"汉克顿。"

"好吧,汤姆,我们什么时候去汉克顿?"

"为什么不现在去呢?"汤姆回答,"我们用水陆两栖的飞机。"他从另一张桌子的抽屉里拿出几张地图。"我们可以在这里任意一个峡谷着陆,根据地图显示它们都是开放的,而且足够深。"

男孩们首先去找了汉克·斯特林,把他们的计划告诉了他。男孩们看到他正和斯威夫特公司的首席模具制造师汉森研究一些风洞试验。汤姆离开期间,让汉克接管整个工程。几分钟以后,男孩们爬进飞机,从这个岛最东边起飞,在岛的上空飞了一圈,朝着东北方向飞去了。

不到一个小时,汤姆开始倾斜着飞行并降低飞机的高度。当飞近有太阳斑点的波纹时,他开始靠近海岸飞行。

"在我们到达目的海湾之前,我们经过的那块陆地的最远端会有一个红色条纹灯塔。"汤姆跟巴德说。

"我看到了!"巴德坐在副驾驶大声说道,"看起来像一个理发师的招牌!"

飞机平稳地飞行,像一只海鸥飞过那个灯塔,在一个峡谷内水平降落。一个有着十几栋房子的村庄进入他们的视野。陆地狭长暗礁的尽头是一个小型码头。

汤姆把飞机停放在距村子500米的地方,坐了一辆出租车进入村庄。当巴德快速扫视那个码头时,他看到了一个渔夫正忙着把他清晨的"战利品"倒入一个正方形的耙斗。

"你开了一架非常好的飞机来这里。"那个男人头也不转地说。

"我们也喜欢它。"汤姆语意模糊地说,又问了一下这里是不是汉克顿。

"我们是这样叫的。"

"我们正在找一位叫格雷的男人。"汤姆说。

"叫格雷的人就像这松树一样多。"渔夫冷淡地说,"你得告诉我你要找的是哪个'品种'。"

"阿瑟。"汤姆冷静地回答。

"哦,是那一个啊!"渔夫说,"他不是本地人,但也不是只来避暑的。他在这里有一栋非常大的房子,面积有64公顷一直到考弗路。房子看起来就像酒店。你不会找不到的,但据我所知现在还没有人在里面住。连个人影也没有。"

汤姆还忍不住想要问一下关于水上飞机的事情,但是害怕引起渔夫的怀疑就没问。他简短地谢过了这个男人,男孩们就顺着码头向村里的街道走去。

当那栋庞大的、有三层楼高、饱经风霜的木屋隐约出现在树木繁茂的道路右侧时,巴德说:"伙计,它看起来真像一个酒店!"

"跟渔夫说的一样,关着门呢。"巴德说。

两个男孩在这个地方四处走了走,但是没有发现不正常的地方。

"我们从这条小路走到水边吧,看看能不能在那里发现什么。"汤姆建议。

他们踏上一条通往另一个峡谷的松针小道。小道的尽头是一个码头,延伸了几百米直到入水。一间钣金小屋矗立通往码头的半路处。

"我们看一下小屋里有什么吧。"巴德提议。

男孩们刚准备朝小屋走去,在他们身后忽然响起了脚步声,接着听到一个语气粗暴的命令声:"不许动!"

第四章 首次试航

汤姆和巴德被那个可怕的命令声吓得站在原地一动不动，陌生的声音咆哮道："转过来！快点！"

男孩们听话的转过身来面对着手拿猎枪的老人。

"回道上去！"那个老人命令，转了一个大圈走到他们身后。

"等一下。"汤姆抗拒着，"我们不是……"

"闭嘴，小子！"老人大声说，"格雷先生雇我看着这里，不让陌生人进来。现在，快走！"

汤姆的脑子飞快地转动着。"阿瑟·格雷出了点状况，你没有听说吗？"汤姆边问边看着旁边拿枪指着他们的老人。

"你说什么？"老人好像没听到一样，又问了一遍。像是被这个重要消息打击了的老人接着说："你在胡说八道什么，你的证据呢？

汤姆不再说什么顺着小道开始走。巴德意识到了小伙伴的应对策略，给他使了个眼色，不动声色地拖着沉重的步伐和他一起走着。当押着他们的老人的声音再次响起时，这三个人只走了一百步："站在那别动！"

第四章 首次试航

正走着的男孩们站住了,老人走到男孩的前面。

"格雷先生出了什么事?"他盯着汤姆问道。

"他险些没命了。"汤姆回复,"如果我们说的是同一个阿瑟·格雷,那他的情况就是这样。你的老板长什么样?"

"他中等身材,黑色的头发,嘴里有颗金门牙,他的手是我见过最大的,老实说我从来没见过他用手干过活儿。"

"好吧,我们说的是同一个人。"汤姆说,很快就确认了,他和巴德尽量抑制住喜悦的心情,"他由于心脏病发作,现在在医院。"

"你应该好长时间没见他了。"巴德大声说,希望这个消息能让老人说出更多的信息。

"我们想着来这里看能不能找到他的家人或者朋友……"汤姆暗示着,并没有把话说完,对着老人笑了笑。

老人想了一会儿,把猎枪扔在地上,表情和声音变得柔和起来,他问:"你们是谁?"

"两个飞行员。"汤姆回复,"阿瑟·格雷在靠近岛屿的水域从水上飞机跳伞了。当时我们正在那个岛上,之后把他送去了医院。实话跟您说,我们不确定他给的信息是否是真实的。"

"我知道,你看起来很诚实,老亚萨·派克也不是那么容易被骗的,跟你们说,在这里陌生人是找不到饭吃的,所以来我家吧。我给你们弄点吃的,我好像可以给你们透露点信息。"

男孩们谢过了老人,高兴地跟着他。几分钟后他们来到松树林里的一个小屋。亚萨让他们进了厨房。煤油炉上正熬着一锅美味的龙虾汤。

这是男孩们迄今为止吃到的最好吃的一顿海鲜，十分钟后，在他们享用美味的同时，汤姆无意中问了一个问题，把他们之间的对话引到了阿瑟·格雷身上。

"这里有人开水上飞机么？"

"格雷经常在这里开。"

"他开过这样的飞机吗？"汤姆边问边从口袋拿出一张外壳是铝合金材质水上飞机的照片。

"就是这种！"亚萨说，"我的老天爷！两个星期前这里有三架这样的飞机。"

"它们现在在哪里？"巴德问。

"我也不太清楚。"派克回答，"三个伐木工把它们开走了，他们让我感到很不安。"

"为什么？"

"在格雷先生离开期间，他们在这个大房子里一连待了两天。他们来这里好像只是瞧瞧格雷先生有没有来信，没有信的时候，他们看起来很生气。"

汤姆让派克描述一下这几个人。前两个人头发是黄色的，派克从来没听过他们的名字。但是当他说出第三个名字叫艾德·约翰逊的家伙的时候，男孩们突然注意起来。他就是那个偷了飞机和爱德华·盖茨证件的飞行员。

"给这些人的信都是从哪里寄过来的？"巴德问这个老人。

"一些来自X城，一些来自K国。"亚萨回答，"通常登记的都是航空邮件。"

汤姆问这个老人，这样的人来到汉克顿也不是来度假的，有没有让他感觉到很奇怪。

"我是感到很奇怪。"亚萨·派克承认道,"但是在这里,我们都只做好自己的事,他花钱雇我看管房子,我不能证明他做了非法的事。"

当汤姆又吃完第二份美味的大虾时,他得出一个结论,他相信亚萨说的话。

"你是个忠诚的人。"他笑着说,"巴德和我来这里是为了确定格雷、约翰逊还有他们的朋友是不是正在谋划一些见不得人的事,或许他们和我们国家一样,对一个重要的工程感兴趣。你愿意帮助我们查清楚这件事么?"

亚萨瞪大了双眼。"我!"他大叫着,"你的意思是让我去调查?"

"不是,你可以不做,除非你自愿。"汤姆飞快地告诉他。

"我没有不想做。"老人说,"任何帮助国家的事,我想等到我告诉……"

"你一定要守住这个秘密。"汤姆提醒他,"现在,关于这些信,你还能想起其他对我们有用的信息吗?"

亚萨想了一会儿。"有一封信是一个名叫马文·海因的人写给格雷先生的,但是没有注明收信地址和姓名。"他回忆,"我想我只能想起来这么多。"

"那你知道他们离开的时候往哪个方向飞了吗?"汤姆问道,并把海因的名字记在了心里。

"向北方飞去了。"亚萨说。

"最好不要对任何人说我们来过这里。"汤姆再次提醒亚萨,接着说道,"我们现在必须要离开了。"

男孩们对这个友好老人的帮助表示了感谢,并留下了自己的名字和费林岛上的电话号码。他们告诉老人只要格雷的房子一出现其他人就通知他们。

"我不会让你们失望的。"亚萨保证。

男孩们从渔夫的码头朝自己的飞机走去。这个地方还是很荒芜的,就连渔夫也不在这了。

"我们还会有机会来这里的。"巴德解开缆绳往那个开放海湾滑行时说。

"巴德,只要我一检查完火箭燃料喷射器里面的太阳能辐射效应,咱们就马上离开这里。"汤姆说。

飞机滑行进了那片开阔的水面,汤姆加大了引擎,两栖飞机向前冲了出去,沿着水面呼啸穿行。几分钟之后就升空了,三点时,汤姆和巴德返回了费林岛,把他们的经历告诉了斯特林和汉森。

"这里有没有发生其他事?"汤姆说完之后问他们。

"我刚要说来着,中西部钢铁公司的飞行员艾德·盖茨打电话过来了,想要取回飞机,他是在V城的一家酒店被袭击,东西被偷了。毫无疑问,约翰逊或者格雷就是那个罪魁祸首。意外的是,我们的两个病人被转到内陆的同一家医院,德雷顿从来没有承认他是阿瑟·格雷。"

"我希望警方已经开始监视他了。"

"他已经被监视了。"汉克向他保证,"另一个消息是关于你家人的,他们正往这边飞来,一个小时后到。"这个模具师笑着说:"我想菲利斯·牛顿也过来了——给桑迪做个伴。"

汤姆和巴德笑了,知道汉克在取笑他们。这四个年轻人经常一块出去约会,尽管汤姆和巴德的工作时间表排得非常满。

第四章 首次试航

汤姆已经让人去斯威夫特公司位于肖普顿的主要实验基地取他的飞行实验室"蓝天女王"了,他的爸爸有可能驾驶着这个巨型飞船来这里。桑迪·斯威夫特是汤姆的妹妹,非常漂亮,和汤姆长得非常像,也是一个飞行专家。她也有可能驾驶另一架飞机带着其他人来到这里。

"我希望今天剩下的时间我们休息一下,天才小子。"巴德调皮地说,"我已经快有一个月没有见桑——你的家人了。"

"从今天下午四点到明天早上六点休息吧。"年轻的发明家同意了。

"然后呢?"巴德问。

"你可以驾驶着'蓝天女王'带着她飞得越高越好,我去测试燃料发动机。"

正好四点钟的时候,飞行实验室在岛的上空呼啸着。那个火红色的喷气式升降机降落在了一个特制的地毯状覆盖物上,这个覆盖物是用铁铸成的抗热挡水板。几分钟后,桑迪·斯威夫特驾驶的小型喷气飞机也完美的着陆了。

当一个皮肤深色,长得非常漂亮的女孩打开舱门下来的时候,汤姆和巴德大声叫了一声:"嗨,菲利斯!"她的爸爸是斯威夫特先生的好朋友和生意伙伴。

"你好,妹妹!"桑迪跟着下来的时候,汤姆说。

"很高兴见到你,桑迪,你的副驾驶表现如何?"巴德笑着说。

菲利斯做了一个鬼脸说:"我还是骑马好了。"

斯威夫特夫妇从"蓝天女王"悬梯下来,得到了男孩们的热烈欢迎。年轻发明家和他的爸爸长得非常像。斯威夫特夫人是一位非常优雅美丽的女士,她对男孩们的发明非常感兴趣,但是她很直接地承认自己一点也不懂。

"火箭工程进行得怎么样了啊?"斯威夫特夫人问。

"非常顺利,妈妈。"汤姆回答,"我会给你介绍我和巴德要搭载进入太空的那艘火箭。"

斯威夫特夫人有点打哆嗦,但只是说她已经准备好出发了。这些人开着车往发射基地去了。汤姆的妈妈和女孩们感到非常吃惊,岛上的建筑物这么多。

在他们路过停放了很多船的码头以及网球、棒球等各种运动场时,斯威夫特夫人说:"我不知道岛上的设施这么齐全。"

接着是一长排营房,各种建筑物,最后来到了一个看起来非常现代的实验室。

汤姆把车掉转方向,往岛内主干道驶去时说:"我保证一会儿就带你们参观这里。发射地在正前方。"

参观者眼前500米处隐约出现两艘巨型飞船。每艘飞船都是银灰色机身,红色尖头,在基地有三座红舵,上面稳稳载着火箭。

汤姆把车开向载人飞船的发射基地时解释说:"远处的那个是复制品。"

从巨大的混凝土平台一直到顶部都用轻金属的脚手架封闭了起来。在脚手架里面还有一个开放的小电梯。

"我们要一直上到最顶端吗?"桑迪激动地问。

"没有理由不这么做啊。"汤姆回答,"巴德,你和女孩们一块上去吧,都进去电梯装不下。"

三个人爬上了一个斜坡到达了电梯井,不久就升到了最顶端。

"你现在已经离地面39米了。"巴德说道,"其实在离开地

第四章 首次试航

面之前,就已经在去火星的半路上了。"

但是听他说话的人却并没有笑,桑迪反而问:"我知道汤姆已经提前用托马塞特覆盖了飞船内外以承受大气摩擦所产生的巨大热能。但是你怎么能确定你能够承受那可怕的速度带来的震动呢?"

"不要担心,桑迪,我们的液压减震服会保护我们的。"

"你说的倒是轻巧。"菲利斯插话道,"但是我听说在真空当中,如果火箭有裂缝的话,人的血液就会沸腾,之后就——就爆炸了!天啊,巴德,你和汤姆的这次极度危险的冒险非去不可么?"

巴德笑着说:"你会为我们担心我很高兴,但是女孩们,有点信心,我们能搞定的。"

桑迪说她想看一下火箭的发动机什么样子,巴德降低了升降车厢,去了飞船底部的发射平台。看到那些迷宫一样的泵、管线、贮水器、数不清的推进机和各种台子交错混在一起时,两个女孩倒抽了一口气。

"这艘火箭有四部分,每个部分都是独立完整的。"巴德解释道,"我们正头上是底部,也就是第一部分,会先脱落,然后一步一步往上进行。最后我和汤姆会进入各自的飞行区域。现在,我们返回到顶部那边的飞行员遮蓬,我想给你们看一下汤姆最新的安全装置。"

他们在狭窄的电梯里挤成一团,巴德按了一个钮,电梯升向火箭最顶部。在一定程度上,这部电梯就像一架飞机,女孩们知道在飞行的最初阶段,巴德和汤姆会被绑在一个板子上,倾斜着,与垂直的火箭形成一个45度的角。因此,这里面的控制装置设计的都很容易触及。

"看见这个仪表盘了吗?"巴德问,"这是汤姆最简单的操作装置,如果前面三部分不能自动脱落,这个电子连接物就会产生爆炸,催动它们往下运行。"

桑迪和菲利斯四处看着,敬畏之情油然而生。这个能在太空遨游的载人装置看起来那么小。通过巴德的讲解,她们了解了这个装置重十七吨,只占火箭飞船总重的百分之二。

"但是我们需要的就是这了。"巴德说,"这两个底层部分能把火箭送进太空,第三个部分能让火箭进入运行轨道。我们的有效负荷发动机装置只是在返程的时候用来制动的。"

"但是这里没有窗户啊?"菲利斯说,"你怎么能看到外面呢?"

巴德看着她明显失望的表情笑着说:"我们有两个舷窗,但是看一眼外面真的是太危险了。"

他走到墙边打开了一个圆形钢制活门,一个体积庞大的舷窗露了出来,在它上面嵌着一块非常厚的橙色玻璃。

"汤姆跟我说在这里安装玻璃能够吸收绝大多数紫外线,但是即使这样我们也不敢直视太阳。"

巴德接着说:"你知道的,地球上的大气层保护我们不被光线辐射,但是在太空中太阳光线非常强烈而且致命。这也是我们为什么在这些观察窗上安装钢质门。但是自从我们在另外一个墙上设置了舷窗,我们就可以通过其中的一个随时往外看。所以,什么都不会错过。"

"我觉得太空里面也跟夜晚一样黑吧?"桑迪说。

"是这样的,当你不在地球的大气层中时,是黑的。但是我们会利用其他星球宇宙飞船的灯,例如火星。"巴德笑着回答,"这样会比较容易躲避碰撞。"

第四章 首次试航

桑迪和菲利斯看起来非常冷静。她们越往下参观,就越难以说服自己支持汤姆和巴德的太空之旅。

"欢呼吧!"在返回地面的路上巴德笑着说,"今天晚上我们去玩吧,暂时忘了火箭。"

"好啊。"菲儿利斯,"我们什么时候出发啊?"

"找到汤姆就出发。"

与此同时,年轻的发明家正跟他的爸爸展开一场有趣的对话,对话的内容是关于怎样和外星人交流,这些外星人之前给斯威夫特家发送过信息,他们认为这群外星人住在火星上。一个巨大的、流星一样的物体不久前在斯威夫特公司位于肖普顿的工厂里精准着陆,这个物体很明显是由思维敏捷、智商非常高的人设计的,上面还刻有各种数学符号。

两位发明家经过几个星期的研究把这些数学符号翻译成一条文字信息,上面写着这些星球居民在宇宙航行的时候遇到了麻烦。但是他们没法制造出一种能进入地球大气层的工具,想要斯威夫特家人帮助他们。

"儿子,你在答复外星人上进展如何啊?"汤姆的爸爸问。

"太慢了,爸爸,通过数学符号跟一群神秘的人交谈不比建造火箭容易。"

"是的。"斯威夫特先生回答,"我到现在也没有任何进展。在我们破解了这些符号之后,我们要把它送给谁呢?怎样送给他们呢?我们不想毫无目的地向太空发射一枚导弹。"

汤姆笑着说:"或许当我和巴德搭载着火箭在太空的时候,通过传动装置跟我们这些不知名的科学朋友联系可能比较容易一些。"

桑迪和菲利斯跟巴德一起过来的时候,他们的对话结束了,

"午夜狂欢"也开始了。他们打了三场网球,汤姆和菲利斯赢了,之后几人游泳,然后一起用餐,跳舞。最后桑迪要载着他的父母和菲利斯返回肖普顿了。

"等你发射火箭的时候我们会来看你们的。"桑迪边挥手边说。

"我也会来的。"菲利斯也说。

第二天早上五点钟,乔为男孩们准备了早餐。六点,他们就已经在"蓝天女王"里面准备测试火箭的燃料喷射器。

汤姆把他的发明安装在了这架大飞机的顶端,同时也安装了一个有着高灵敏度的热电堆用来记录太阳能对液氧产生的效应。一条线连接着这个装置和实验室里的温度计。这些东西能让汤姆知道火箭在往上升的时候发生了什么。

"我想我们都已经准备好了。"汤姆通过对讲机激动地跟位于指挥台的巴德说,汉克·斯特林也站在他旁边。

随着一声呼啸,"蓝天女王"穿过大气往上升,再上升。高度计从左到右飞速运转。在离开地面30千米的时候汤姆让巴德把飞机停下来。

"为什么在这个距离?"副驾驶员问。

"是这样的,我们所寻找的短波辐射并没有到达地面,它们都被离地面20~30千米的大气层过滤了。我们在这个高度辐射并不完全,但是应该足够测试喷射器的运行情况了。"

汤姆调整了一下温度记录仪和分压机,把它们调到零偏转方位,再次检查了一下电路。然后转过头对巴德说:"我要把这个开关扔出去了。"

他的声音既紧张又充满希望。

第五章 破坏活动

仪器最初转动得很慢,之后便以前所未有的速度开始加速转动。汤姆操作旋钮往喷射器里面源源不断地输送液氧。在液氧输送速度达到最快时,巴德赶过来看这个实验,把汉克留在了控制室里。

忽然间,温度记录仪上的指针开始震动,过了片刻指针向上转了几度。

"它动了!"巴德拍着汤姆的肩膀大声叫了出来,"它正在缓慢向上移动!"

年轻发明家盯着温度记录仪,心脏怦怦地飞快跳动,他的梦想已经实现了一半!他解决了火箭燃料问题!现在只要把喷射器装在宇宙飞船上就可以了!

即使指针现在不往上转动也没事,在火箭上会吸收到更多的射线。汤姆平静地说:"我们现在开始下降。"

此时此刻,巴德心里升起一股敬畏之情。他默默地回到自己的飞行座位,几分钟后汉克·斯特林也赶了过来,对汤姆表示了祝贺。

"我们为什么不明天发射火箭飞船模型呢?"他问,"把喷射器安装在飞船上,做其他的准备工作都用不了几个小时的。"

接近地面时，三个年轻人发现费林岛上的全体员工都聚在一起等待着他们。当工程师和地勤人员听到这个好消息后，他们都向汤姆表示了祝贺。

年轻科学家笑着对他们道谢，说自己真正的工作才刚刚开始。他要把喷射器装在火箭模型上。

他说："我还有另一个计划，在火箭模型上装一个强大的接收器，或许能接收来自火星的太空度假者所发射的信息。说不定有哪条信息是直接发给我们火箭的呢！发送器会把信息转播到这里。"

听了汤姆的计划之后，大家对于这个理论的意见存在分歧，支持与反对声各占一半，但是那些不赞同的人也同样对这个年轻发明家的想法报以容忍的微笑。然而，在接下来氛围良好的讨论中，汉克注意到一位工程师的嘴角总是轻蔑地上翘着，他的名字叫埃思考特。首席模具设计师汉克·斯特林向那个男人走去，他被那个人的态度激怒了。

"埃思考特，你觉得汤姆的想法有什么问题吗？"汉克问。

"没什么问题，你为什么这样问呢？"

"没什么，我只是不喜欢你脸上的表情。"汉克说。

"我的脸？"埃思考特假装迷惑地问，"哦，你是说痛苦的表情吗？我是有点不舒服，消化不良，鸡蛋根本就不适合我，今天早上不应该吃鸡蛋的。"

汉克·斯特林离开了，他对这个解释并不满意。这个人值得注意！他自己私下跟踪了埃思考特一整天，发现这个工程师回到了自己的工作岗位，言谈举止没有什么可疑的地方，看起来对汤姆和整个费林岛工程非常忠心。

第五章 破坏活动

"或许是我错了。"模具师自言自语道,忘了这个插曲。

第二天早上天一亮汤姆就醒了,想到这个项目要比计划提前实施了,他就激动得难以入睡。年轻发明家飞快地穿上衣服,悄悄地走出房间。

他立刻走向那个巨大的火箭模型,跟值班的两个警卫打了招呼。他们向汤姆汇报,十二个工程师为这个项目做最后的收尾工作忙碌了一整夜。

"你说的是什么意思?"汤姆飞快地问,"我去休息前一切都已经确定好了。"

警卫只是耸了耸肩。他们对火箭的复杂结构以及飞行准备工作一无所知。

汤姆不安起来。他对接下来的工作没有任何指示,连电梯都被拆掉了。

他恐慌了。打开飞船内部的灯,从左至右扫了一遍。第一级里面的一切看起来都很正常。

汤姆迅速地爬上一个小墙梯抵达下一级,接着继续往下到达第三级,但是还是没有发现机器被破坏的痕迹。

最后他来到火箭最重要的一部分,第四级。这部分是太空飞行的返回装置,同时也携带着记录的各种数据。有了这些数据汤姆就可以知道载人火箭下一步该做什么。

"不!天啊,这不可能!"汤姆扫视了一圈后,不由脱口大叫道。

整个发送器都被破坏了,绝大多数记录数字的仪器也被毁坏了!

汤姆站在那愣了几秒钟,然后马上行动起来。首先他必须要找到破坏者。很明显，他的安保系统出了问题。这些自愿加班一整夜的工程师中，肯定有一个或者几个是凶手。

"想要破坏我的工程！"汤姆冷酷地想，"他或者他们以为我永远都不会发现，火箭也许会按计划起飞返回，但是却不会收集任何信息数据！"

汤姆用手帕将那几个被截断的仪器部件小心地包起来，拿去检测指纹。汤姆还发现一个小锤子，可能是凶手用来"犯罪"的工具。他从裤子口袋里掏出一副镊子把这个小锤夹起来。

汤姆用一只手拿着它们慢慢地下了梯子。当他出现了之后，问了警卫夜晚来这里工作的工程师都有谁。警卫们也没有做记录，但是在他们当中他能想起来都有谁。

"汤姆这个点你在这做什么？"一个声音从汤姆背后响起，汤姆转过身看到汉克向他走来。

"我正要找你呢。"汤姆说着让他的朋友和他一块去了自己的实验室。

一进入实验楼，汤姆就一口气把刚才发生的事情告诉了汉克。

"埃思考特也是昨天夜晚参与工作的工程师之一吗？"汉克问。

"是的，你为什么提及他？"

汉克一边帮汤姆检验指纹，一边把自己的疑虑告诉了他。最后在小锤子上检验出了三对指纹，但其中只有一对出现在了发送器、记录仪器样品上。

他们拿着这几对指纹去了主办公室。汤姆和汉克立刻对比了档案里面埃思考特的指纹。

第五章 破坏活动

"它们是一样的！"汉克说，"我就知道它们会吻合的！"

汤姆和汉克还是很怀疑其他工作很晚的工程师，他们决定一个一个地审问。但是首先要问的就是埃思考特。

"我们可以在他床位那儿抓住他！"汤姆说，"我还想在大家醒来之前让一名警卫把他赶出岛。"

"我们应该能这样做，现在才刚刚六点。"汉克接着说。

汤姆拿起电话，给公寓里的哈伦·艾姆斯打电话，让他跟指挥塔联系一下，警卫人员都住在那里。他解释了一下，在燃料储存室工作的技术人员中可能有间谍。汤姆还问了其余十一个夜里可能在火箭飞船模型里面工作的人都是谁。

"我和汉克要去抓埃思考特。"他说，"你和警卫人员去找其他人。"

"我们会完成任务的。"艾姆斯保证道。

汤姆追上了汉克，他正准备穿过员工营房旁边低矮的草坪。他们打开门，轻轻地走进一间宽敞的宿舍，几个男人还在金属大床上熟睡。

"埃思考特睡在最后一张床的右边。"汤姆小声说着。

突然，一个人从床上蹦起来，跳出了窗子。

"是埃思考特！"汉克大声叫起来，"他肯定看到我们进来了！"

"快看，他正在往那辆吉普车跑去！"汤姆大叫道。

他和汉克也从窗子跳出去，但是这个时候埃思考特早就开着车，呼啸着开往200米外的燃料储存室。

"他去那儿干什么？"汉克问，"去那儿不能从岛上逃出去。"

"他逃不出去，但是他可以做更多坏事。"汤姆回答，"我觉得他肯定是想炸毁油罐，我们一定要阻止他！"

"风向变了。"汉克边走边大叫着，"如果埃思考特把储油罐炸毁，整个发射区也会被毁的。"

他们飞快地向混凝土围墙冲过去，但是快到达的时候，埃思考特紧急停下了吉普车跳了下来。不一会儿他就进入了围墙。他进去之后，后面跟着的人看起来更加绝望。

"我们最好不要跟进去，埃思考特会把我们炸成碎片！"汉克说。

汤姆是永不认输的。他肯定埃思考特还没有计划周全，所以还有时间阻止他做出这样的恶魔行为。

"汉克，我要一个人进去。"汤姆说。

"我要跟你一起进去。"汉克说。

油罐放在正方形围墙的四个角内，分别装着四种不同的试验燃料。汤姆四处查看，仔细寻找着埃思考特，他看到那个破坏者从侧门工具室跑向另一个存储罐梯子，那里存放着发烟硝酸。

汤姆看到他手里拿着许多易燃木屑，年轻的发明家知道，如果把这些木屑点燃放进酸液槽足以把这个地方炸成碎片。

第六章　发射火箭

汤姆纵身一跃跳上了酸液槽的梯子。埃思考特几乎在最高的地方，年轻的发明家快速走向那个疯狂的破坏者。

埃思考特走上一条狭窄的人行通道，到了压力通风口，在这里，他想把手中致命的木屑扔进去。

这时，汤姆猛地一下向前扑去，从后面扑倒埃思考特。木屑飘散在微风中。

被扑倒的埃思考特大叫了一声，开始像老虎一样与汤姆凶狠地打斗起来。他又抓又扯，想要把汤姆从通道的横杠上推下去。

汉克·斯特林早已经站在梯子的梯级上帮助汤姆，埃思考特在尽力躲避汤姆闪电般的攻击时失了足。

埃思考特的一只脚在空气中乱踢，想要在那一刹那维持身体的平衡。

但是一切都是徒劳。他的头撞在了栏杆上，倒在狭窄的人行道上，失去了知觉。

汤姆站起来的时候，汉克拍了拍他的肩膀。虽然什么话也没说，但他的动作已经表示了他对汤姆的赞美。

他们合力把这个不省人事的工程师抬进吉普车送到医务室。汤姆让卡曼医生把他当犯人对待，要对他恢复意识前后所说的话都做记录。汤姆还安排了一个警卫守在这个叛徒床前。

汤姆和汉克离开的时候，年轻的发明家说："我们去找艾姆斯，看他和其他警卫有没有在别的工程师那里得到信息？"

所有人都在营房里激烈地讨论着。大家的说法都一致：埃思考特转达了一个命令，显然是捏造的，让十二个工程师当天晚上为火箭前三梯级做最后的测试。

"可能埃思考特想要掩饰自己，没人注意的时候他就溜到有效载荷平台，毁坏传送装置和记录仪器。汤姆，接下来你打算怎么办？"艾姆斯说。

"重新安装锁在我实验室里的备用仪器。"汤姆脸上浮现一个浅浅的微笑，接着说，"幸亏埃思考特不知道它们的存在。"

一整天费林岛上都在如火如荼地进行着安装活动。几个对汤姆很忠心的助手开始修补埃思考特破坏的东西，仔细查找火箭飞船模型内除了鼻锥还有哪些部分被破坏了，还好一切都很正常。

在汤姆的指导下，有人把损坏的设备移走，又有人装上了新的记录仪器。在天黑之前，火箭修好了，可以飞行了。

十八个小时汤姆第一次松了口气，他想起了埃思考特，立刻安排一位身材强壮的警卫守在火箭旁边。想到这个阴险的工程师可能已经恢复了意识或者要坦白自己的罪行，汤姆快速走向医务室。

卡曼医生对汤姆说，这个破坏分子看起来不是身体受伤，而是被吓到了。

医生说："即使埃思考特醒了，他也不一定能恢复理智，你过来听听他说的话。"

汤姆跟着医生进入一间私人病房，一名护士站在那里，拿着

第六章 发射火箭

便签和铅笔。她说病人总是一遍一遍地小声说着同一句话。

"他又开始了。"护士说话的时候,埃思考特开始在床上不安地动起来,嘴巴开始嘟囔着:"告诉……海因……我按照……他说的做了!是的……约翰逊……我顺利做到了!"

沙哑的声音渐渐平息,埃思考特再次陷入了熟睡中。但是他嘴里嘀咕的名字让汤姆兴奋地抓住了医生。

"埃思考特与想要破坏我们火箭工程的人有着密切关系。"他说。

"好吧,你一直与一个危险分子在共事。"卡曼医生说。

"但是现在估计岛上有许多他们的人,以后还会有他们的人来到这里的。"汤姆说,"医生,我们不能放松警惕,谁也不知道什么时候发生意外状况。我觉得我应该立刻发射火箭模型。"

"汤姆,你最好放轻松,去休息一下,也让你的同事们休息几个小时。"医生劝道。

"我想你说得对。"

那天夜晚,高大安静的火箭被警卫分队保护得很好,敌人没有丝毫可能接近火箭。天一亮,整个岛再次苏醒了。

油罐车把最后一加仑液氧和酒精通过管道输送进火箭模型。技术工人和工程师忙碌地拆解着各种燃料管线。

汤姆·斯威夫特在火箭的前端,巴德·巴克利看着这个年轻的发明家最后一次检查自己的飞行系统。这是一个循环式的自动导航装置,带有穿孔带,通过电子计算机控制运行。金属指针能够跳进小孔,进而联通各种控制装置。

"所以你想在火箭飞行以及最后返程阶段时用这块塑料制品

充当向导？"巴德怀疑地问。

"正是。"汤姆回答，"着陆的时候，就不用机器人喷气机指导火箭着陆了。"

对讲机内传来一阵嗡嗡声，汤姆打开接收器。

"一切准备就绪，还有其他指示么？"汉森的声音传过来。

"没有了，我现在就下去。"

年轻的发明家最后检查了一遍。然后看了一眼自己的手表，带子开始运转，它将空白运行整整十五分钟。

"巴德，打开发送器。"汤姆对巴德下了指示，并打开了十几个记录仪器。

两个男孩迅速下了梯子往外面走去。火箭飞船被封闭了。

他们飞快到达发射平台的最高处，观察着敏感度记录设备，这个设备会一直跟随着火箭飞行的始终。这里还有一台计算机，用来接收火箭鼻锥内示波器发送的消息。

正在工作的人只要是不忙的，都来观看火箭发射。在他们中间乔的声音最大，他穿着花格子呢上衣，慢慢地靠近他的老板。

"汤姆，喷射器什么时候才能断开？"他问。

"启动后高度为65千米的时候。"汤姆回答。

"65千米！"乔叫道，"你是想让我做噩梦吗？为什么等这么长时间啊？"

"是这样的，乔，65千米以下的高度阳光不是很充足。"

这个厨师长长地叹了一口气，说："好吧，那时应该到M城停一下，没有任何地方比那儿的阳光更好了。"

汉克·斯特林走到公共广播系统的扩音器下，看着自己的手

表，它和汤姆的时间是一致的。

"全体人员现在立刻离开发射区！"他大叫起来，"发射还剩两分钟！"

两个机械师向遮蔽物跑去。发射区空空如也。在指挥办公室，哈伦·艾姆斯摁了一下拦截机的开关来阻止无人机。

"还剩下一分钟！"汉克·斯特林宣布。

当秒针滴答地走向零时，轨道上的所有机组人员都躲进了自己工作的地方。几个地方的电子摄影机记录下了这个激动人心的起飞镜头。操控雷达测绘设备的工作人员小心测试着笔式记录器上的点。

汤姆像一尊雕像一样一动不动地站着。一分钟之后他才能知道磁带记录器是否能打开机器，把火箭送到太空开启它的太空之旅。

"还有二十秒！"汉克紧张地说。

汤姆双手抓住了发射平台的栏杆，双眼盯着那个静止不动的火箭。

"开始发射！"

大气中一朵五彩的云从起飞的发动机中爆发出来，巨大的火箭飞船从地面脱离出去。强烈的爆炸声震动了整个岛。

"它飞出去了！"巴德大叫了起来。

一开始火箭飞船慢慢地移动，接着陡直上升，观众爆发出了一片欢呼声。它变成了一个小点，最后消失在天空中。

汤姆的目光从一个仪表盘扫到另一个仪表盘，所有的一切都运行良好。一个锯齿状的标记忽然出现在白纸带上。

"最基础部分和它的降落伞已经被脱离了！"他大叫道，

"现在轮到发喷射器了！"

年轻发明家的眼睛死盯住仪表盘。几秒钟之内它没有移动半分。最后仪表盘的针动了一下，向前移动，之后静止了，然后又平稳地震动了十秒。

"喷射器开始工作了！"汤姆大叫着，"开始吸收充足的太阳辐射！"

指针还在规律地震动。

"巴德！"汤姆大声喊着，"快过来！看着这个，我来记录数据。注意温度上升到黑线的刻度！"

"这条线显示的是没有发动机的温度吗？"巴德问。

"是的！"汤姆哼了一声，"看它现在怎么样了！"

巴德注视着仪表盘。"它正在上升，超过了之前的那个标记！"他大声说，"现在停止上升了！"

"现在是多少度？"汤姆激动问。

"我简直不敢相信，我们已经上升到4900℃了，超过了之前的标记！"巴德宣布。

"这太不可思议了！"汤姆欢呼起来，"我们以后有足够的能量了，它能带我们去宇宙的任何地方！"

"我们什么时候离开？"汉克问。

"下个星期五。"汤姆回答。

"下个星期五！"巴德反驳道，"我以为你还需要十天。"

"之前我也是那样想的，但我看到了这个。"汤姆说。

"伙计，我等不及了！"巴德大声说出来，"汤姆，想象一下我们会成为第一个完成自己儿时梦想的人！"

汉克·斯特林和汉森来到发射平台，汤姆让他们记录测试数字，自己走向了记录仪。

"嘿，伙计！"他大叫道。

"怎么了？"巴德问。

"有个三角形飞过来了！"汤姆看着一个脉冲接着一个脉冲出现并形成了一个符号时说。

这个符号后面跟着一个静止的大三角形，四周还有一些小三角形。然后出现了一些其他的数学符号。汤姆把它们记了下来。

"天才，我问你一个问题吧。"巴德捅了捅他。

"是真的，他们又跟着我们了！"汤姆说。

"谁？约翰逊那伙人？"巴德担心地问。

"不是，外星人。"汤姆激动地说，"这个符号是同一类人刻的，我们第一次见时都把它当作流星了。这个是后续的信息，请求我们带他们来到地球。"

"这些信息是直接奔着火箭来的吗？或者它们只是经过？"汉森问。

"我不知道。"年轻的科学家承认道，"但我认为是直接奔着火箭来的。"

"第二梯级也脱落了！"巴德说。

与此同时，新一组符号也出现在了记录仪上，汤姆在记下它们的时候也尽量去猜测它们的意思。花了很长时间去解读第一组符号之后，这些符号就很容易破译了。

"现在怎么样了？"巴德问。

汤姆笑着说："这些火星人，或者其他的种族，向我们发来了祝贺！"

"真的么？"

"这是我翻译出来的。"

巴德大喊了起来："小子，你是地球上第一个得到这样信息的人！喂，轮到第三梯级了！"

从第二梯级中断到现在整整十二分钟。现在跟踪装置显示火箭开始自由飞行了。

"它应该现在开始返回的！"汤姆屏住呼吸说。

"它回来了！它回来了！"一分钟之后巴德叫了起来。

指示器上显示，鼻锥部分成一条弧线形状飞向地球。这艘火箭是否对整个飞行计划有利？还是它会坠落在某个地方？会不会坠落在一个人口密集的居民区？

第七章　坠毁的飞机

当火箭越来越近，近到看得见的时候，费林岛上的所有人都看向天空。

"我们必须得在五分钟之后看到第四梯级。"汤姆小声说，他把手指紧紧地攥进了手心。

他又扫了一眼手表，已经七点半了。他听到人群骚动起来，突然，有个声音大叫起来。他再次抬起头，看见天上有个小点。

"它回来了！"巴德几乎尖叫着喊出来。

火箭径直朝他们冲过来，拖着长长的蓝焰火舌。每个人都本能地准备开始跑。然后，火箭就像施了魔法一样，速度开始下降。在距离观看者几百千米的上空，汤姆的这个发明，速度竟然变得跟蜗牛一样，在距它起飞地点不足3米的地方滑行着停了下来。

现在，它的长度只有最初的三分之一，火箭站在那里就是汤姆成功的无声证明。年轻发明家跑过去，温柔地注视着变短了的银红色火箭，它的速度如此之快，在太空中飞行，去了至今还没有人去的地方。有一瞬间，汤姆几乎听不到别人的喝彩声，最后他才意识到那些大声的赞美，他也高兴地笑着答谢。

"等到火箭的热度一冷却我们就开始检查记录的数据。"汤姆说。

一个小时后，汤姆打开了密封的火箭，和巴德一起急忙地走进去。他首先检查了一下喷射器。

"它的形状还是完好的！"汤姆说。

男孩们一个一个地看着各种数据表。每个数据报告都能增加他们喜悦的心情和希望。

"我猜你和我一样，现在一点也不担心我们的载人火箭飞船之旅。"汤姆最后说道，"除非有人比我们要先一步。"

"或者埃思考特的朋友想办法阻止我们。"巴德补充道。

汤姆仔细想了几秒钟，若有所思地说："巴德，我认为你早就证明了一点，破坏者是不可能一劳永逸地打败我们的，但是他们一定会尽量让我们的速度慢下来，阻止我们成功。为了确保万无一失，我认为我可以让父亲多做几个火箭的各部分，他还有足够的材料和模具来做这个。"

汤姆一直思考着没有说话，直到一名警卫过来告诉他有一个长途电话。汤姆想一定是他的父亲打过来的，想要知道火箭飞船飞行的最新情况，所以当听到一个陌生声音说"你好"时，他很惊讶。

"您是？"汤姆回答。

"我是汉克顿镇上的亚萨·派克。"

"哦，原来是您啊，您最近怎么样？"汤姆问。

"听着！"这个为格雷看守房子的老人说，"我打电话过来是想告诉你尽快赶来这里。马文·海因和那个从你的火箭基地逃出来的飞行员约翰逊今天下午要回到这里。"

第七章 坠毁的飞机

"亚萨,他们什么时候到?"

"两点钟。"

"我们会过去的,谢谢你通知我们,注意保密。"汤姆回道。

"那还用说嘛。"

汤姆赶紧回到巴德身边,告诉他立刻起飞去汉克顿,看看海因和约翰逊在那里准备干什么。

"我现在去准备一架两栖飞机。"巴德提议道,而他的朋友则去跟斯特林和艾姆斯说了他们的计划。

"放轻松。"艾姆斯建议,"如果出现了麻烦,就打电话给调查局,不要插手这件事。"

"我知道了,哈伦。但在举报他们之前,我想确定一下他们是不是我们要追查的那帮人的同伙。"

汤姆穿过沙地走到码头的时候巴德已经准备好了飞机。汤姆跳进飞行员座位上,不久就从费林岛起飞向北方飞去了。

"你认为在海因、格雷、约翰逊这伙人里面谁是大老板?"巴德问。

"谁都不是,或许是一个我们从来都没听说过的人。"汤姆回答,"我的预感是,他们受雇于某个没有参加火箭竞赛的国家。"

"但是为什么?"

"我们都了解E国队和K国队的情况,而在B国有个新的火箭团队正在建造飞船。虽然我们并不知道他们的具体计划,但可以肯定的是他们不会去偷别人的发明。我们追踪的这伙人可能还没法解决燃料的问题,所以他们准备偷一个解决燃料的方法。"

"汤姆,假设他们成功地让火箭在太空自由飞行,他们也得有能力建设一个能够飞行两小时的空间站,这样才能统治世界。"巴德评论道。

"你说得对,巴德。"汤姆冷静地说,"而且我觉得这才是他们的目的!"

想到这个可怕的假设,两名飞行员都沉默了。飞机刚刚飞过V城海港,汤姆就发现前方有许多多山的雾层。

"太糟糕了。"巴德大叫起来,"我想我们必须要翻越它了。"

"我给气象局打电话问问这些雾是怎么回事。"汤姆回答。

气象局告诉他们,这危险的"汤"状雾已经包围了这里的整条海岸线,并且延伸到了几千米的内陆地区,几个小时内是不会散去的。

汤姆关闭无线电广播,开着飞机越过了浓厚的烟雾。在他们到达要降落的地方时,汤姆开始降低高度,雾非常浓密,能见度不足0.5米。汤姆打开了自动导航装置。

"根据航位推测,我们应该快到了。"他观察了一会儿说,"我有预感,我们在上次那个峡谷往东不远的位置,距离海湾大概16千米。"

"你能在这样的天气里着陆吗?"巴德问。

"凭借仪器飞行太危险了。"汤姆担心地说,"巴德,快看!"

前方的浓雾层中出现了一道裂痕,透过裂痕能看到下面的水。汤姆立刻向那道裂痕飞过去,不一会儿飞机就进入了寒冷、阴

第七章 坠毁的飞机

沉的大西洋。

"汤姆，你成功了！"

当飞机翻滚着经过水面时，男孩们松了一口气。然而他们仅仅飞了30米，就听到飞机外面有一阵可怕的扯裂声。

男孩们都被推落到飞机的舱板上，飞机开始抖动，就像被一辆巨大的吊车钩住一样。飞机忽然向另一边倾斜，海水开始进入机舱。汤姆切断了引擎，往上打开了机舱门。

"巴德，过来！"他大叫着，"我们必须尽快离开这里！"

他的朋友点了点头，撑着自己，推着汤姆穿过了打开的机舱门。

飞机飞快地往下沉。

"把手给我！"汤姆喊着。

汤姆向下伸手，抓住了更重些的巴德的手腕，水已经没到他的胸膛了。

"我们的飞机正在往下沉！"巴德呻吟着，"现在我们要做什么？"

不一会儿后机身就消失了，随着一阵吱吱声，飞机冲入了打着旋的水面。

男孩们没有时间拿出救生用具，只能脱掉身上的夹克和鞋子，暂时躺在水面上浮起来，希望能坚持住。

"发生了什么？"巴德说。

"我们撞上了什么东西，但是不知道是什么。"汤姆喘着气说。

"听！"巴德大声说。

附近传来一阵巨大的响声，是一艘船的引擎声。

"喂，这里！"汤姆大声喊着。

直到船只来到男孩们的身边，里面的人才看到他们。他们是渔夫，听到了飞机的声音，但是不知道飞机坠毁了。

巴德和汤姆被他们拖到船上时说："你们来得正是时候。"

性格开朗、饱经风霜的船长告诉汤姆和巴德，他们正好掉进了巨大的渔网中。

"这也是我们为什么往前游那么难的原因。"汤姆说道。

"很遗憾你的飞机坠毁了。"船长说，"但是看到你们都没事我很开心，渔网都有保险的，所以不用担心。"

谢过了经验丰富的渔夫们的救命之恩后，汤姆说："我现在最关心的是我们现在在哪里，还有我们怎样才能去我们想要去的地方。"

"这里离汗克顿64千米。"船长告诉他。

汤姆呻吟了一声，看着巴德沉重地叹了一口气。

"我想，会议是要泡汤了。"巴德说。

"你们要在什么时间赶到汉克顿？"船长问。

"下午两点之前。"汤姆说。

"现在才十点四十五。"船长看着表说，"没有网我们也不能捕鱼，这是一艘快艇改装成的拖网渔船，它的速度非常快，我们可以在两个半小时内把你们送到汉克顿。"

"太好了！"汤姆大叫着，"你们能在这样的雾中行驶么？"

"我们记得路。"船长笑着说完转身对其他船员说，"伙计们，给这两位朋友找件衣服和双鞋子吧？帮他们把衣服烘干。"

第七章 坠毁的飞机

他们很快为男孩们找好了衣服和鞋子,男孩们换好之后站在了船长的旁边,船长正在驾驶快艇。快艇以每小时37千米的速度向前快速行进。临近正午,太阳穿透浓厚的雾层,射出一道明亮的光。

"能看到一些了。"船长观察着说。

汤姆小声地对巴德说:"有点雾会更有利于实施我们的计划。"

"那就祈祷海因和约翰逊还没有到达吧。"巴德说。

"如果雾能够再散一点我们就能一路全速前进了!"船长对他们说。

最后5千米,雾并没有大面积散开。在快艇前方的视野变得开阔时,汉克顿打鱼的码头和两个小峡谷隐隐出现了。

汤姆小声地说:"巴德!这里有两架铝合金海上飞机!"

"我看到一架在主码头那边。"巴德低声地说,"另一架在哪里?"

"在格雷的码头那边。"汤姆回答,"陆地上的高地挡住了它。"

"你们想在哪里登陆?"船长问。

"正前方的主码头。"汤姆回答。他认为那是最安全的上岸地点。

快艇灵活地往码头驶进,停在海上飞机对面的码头时震了一下。

"船开得很快,我们比计划提前赶到了,非常感谢您的帮助。"汤姆说。

"我们还欠你两件上衣和两双鞋。"巴德说,"我们会在圣诞节的时候把它们送回去!"

男孩们挥手向他们的救命恩人道了别,然后小心地顺着码头往镇里走去。这个地方看起来更荒芜了。

忽然,他们看到亚萨·派克从一条小巷里面出现,他磕磕绊绊地走向男孩们。

"他肯定出事了!"巴德大声说。

第八章　偷渡者

男孩们跑向亚萨·派克，他正一瘸一拐地往一堆虾笼走去。亚萨对他们做了一个安静的手势，让男孩们跟着他走进一栋建筑，进入了一间看起来年代非常久远的小屋。

挤进那个简陋的小屋后，老人说当他想要给汤姆再打电话时，海因和约翰逊进入了格雷的房子。

"你们懂的，我猜他们提前过来是为了避开大雾，我想提醒你们的。"亚萨继续说着，"所以我开始给你打电话，海因突然进来从我手里抢走了电话。"

"后来呢？"巴德问。

"他们把我锁在地窖就上楼了。"亚萨接着说，"我最后想办法弄坏一块木板逃了出来。外面的门也锁着，我不得不溜进房子从窗子跳了出去，我差点摔断了腿。"

"太糟糕了，连累你受伤了。"汤姆同情地说，"你还是暂时休息休息吧，海因和约翰逊现在还在房子里吗？"

"是的，还在，我跳出来之后还听到了他们的声音。"

"好的，巴德和我现在就去那里看看。"汤姆说，"但是亚萨你最好在商店等着，万一有什么麻烦，你在那是安全的。你可以一个人去吗？"

"我可以自己去商店，但是你们两个最好动作快些，从他们两个的对话中我确定他们会很快飞走的，他们已经拿到信了。"

老人说约翰逊的飞机就停在公共码头。海因驾驶的是另一架飞机。

"巴德，快点！"汤姆催促道，"亚萨，如果我们等会儿不能回来跟你道别了，请随时告诉我们你的新发现。"

"你放心吧，那还用说。"

他们向公共码头跑去，那里停着一架两栖水上飞机，汤姆跑在前面。巴德奋力跟着汤姆，说："我们接下来要做什么？"

"偷偷搭乘这架飞机！"汤姆回答，"我们可以藏在行李舱里面。"

"你想和约翰逊一块飞走，有可能还可以去他们的基地？"巴德问。

"对！我们一发现他们的躲藏地点，就设法接管整架飞机，然后带着我们的俘虏飞回家！"

"接着我们就可以回去继续追查剩下的人，你这个大侦探！"巴德笑着说。

汤姆爬下木梯时，朝着巴德点点头，从水上飞机边的浮桥进入了客舱，巴德跟在后面。片刻之后，约翰逊快速向码头走来。汤姆和巴德先一步进入飞行员座位后面的行李舱架，关上门，四肢伸平，躺在地板上。

"天啊，我们躲在这里正好！"巴德说。

约翰逊哗啦的脚步声停止了。他下木梯时发出了一阵阵吱吱

第八章 偷渡者

声。约翰逊进来时,汤姆和巴德感到飞机轻轻抖动了一下,他们紧张地等待着,希望他不要打开行李舱架的隔门。

约翰逊立刻发动了引擎。水上飞机从码头飞走了,掠过水面,不一会儿就变成了空中的浮游物。

约翰逊打开了无线电广播,它发出一阵嘈杂的噼里啪啦声。他调试了一下,然后呼叫海因。

"这里一切正常,马弗。你那边情况怎么样?"

"正常。"对方轻笑了一声回答,"还好我们在斯威夫特派来的家伙赶到之前离开了,他们肯定已经把我们的事告诉了亚萨·派克。"

"是的,我们现在已经远离他们了。"海因说,"我们再也不用收信了,现在我们已经知道斯威夫特的燃料发射器是怎样运转的了,罗特左格过不了多久就能研究并制造出另一个燃料发射器了。"

在行李舱架里面,巴德紧紧抓住汤姆的胳膊。这些间谍联合起来,已经偷到了制造发射器的方法!他们的老板或许就是那个叫罗特左格的人!

无线电广播关闭了,男孩们在漆黑的舱架里面听着发动机单调的轰鸣声。汤姆动了一下,看见一束光照进了这个乌黑的禁闭室。

他尽量沿着墙移动,脸贴着金属板,他能透过一个铆钉洞看清外面。外面是一片绵延的密林,还有几个小湖,明亮的太阳在湖面闪闪发光。汤姆猜他们已经在内陆飞了一百多千米了。

"我们现在肯定在I国的密林中!"他小声地说,心里很确定自己的想法。

飞机继续在高空中飞了半个小时,然后开始快速下降。

"巴德,准备好按照我跟你说的做!"汤姆小声地说,"我会出其不意地抓住约翰逊!"

"好的!"巴德轻轻地回答。

在这段长途飞行中,汤姆已经计划好了。他抽出了自己和巴德的腰带。

突然地,无线电广播的声音响了起来,他们听见海因说:"艾德,我先降落了。"

"我会跟在你后面。"约翰逊回复。

飞机开始倾斜着滑行起来。

"我们必须动作快点!"汤姆对巴德说,"当我大叫你的名字时,你就接手飞机!"

"好的。"

汤姆尽量轻轻地打开行李舱架的门,蹑手蹑脚地走近约翰逊,朝他扑了过去。他用一根系成环形的腰带把受惊的约翰逊绑了起来,同时迅速地关掉了无线电广播以阻止约翰逊大声呼叫海因。

"巴德!"汤姆大喊了一声,把约翰逊拖离了驾驶员的座位。

这个人倒向地下的同时,巴德飞快地坐在约翰逊的位置上打开自动导航装置,然后转过头来帮汤姆。

约翰被塞住了嘴巴。汤姆用力地把他拖进行李舱架室,然后说:"巴德,打开无线电广播。我们不能让海因产生怀疑,我看到他们的专属波段是14X。"

第八章 偷渡者

汤姆又爬回来了。巴德已经让飞机平稳飞行了，现在在几千米的高空上，男孩们能够看清这个大湖的整个轮廓，茫茫一片。

无线电波打开了以后，男孩也没有说话，汤姆指了指外面，沿着水边的几块面积较小的空地上分散着高度各不相同的建筑和储油罐。最高的那个储油罐顶部漆着几个字："精制石油公司""实验基地"。

巴德迅速将飞机往右边转了转，想要看清楚这个地方。但是飞机掠过这个地方时，树挡住了他们的视线。

"怎么回事？"海因的声音突然从无线电播里面传来，"你遇到麻烦了？"

男孩们彼此看了一眼。怎么回答呢？海因早就降落在大湖上了，他又问了一遍。

"没事。"汤姆尽量模仿约翰逊的声音回答，"我只是看一看别的东西。"

海因又回复了，让约翰逊别浪费时间赶快降落。汤姆和巴德笑了笑。他相信了！他们准备再看了一眼那些空地就带着他们的俘虏一起飞走。

汤姆接管了飞机，但是不一会儿又被湖面的动静吸引了。一架三角翼喷气式飞机悄悄起飞，滑过湖面。

"我们最好尽快离开这里！"巴德忘了无线电还开着，大声喊道。他惊慌地喘着气。他毁了汤姆的计划！

海因立刻指挥喷气飞机驾驶员拦截这架海上飞机。当汤姆看到那架喷气飞机从下往上飞来拦截他们时，他操控着飞机来了个

第八章 偷渡者

大角度的俯冲。汤姆打开了节流阀,调小了俯冲角度,呼啸着飞向湖的另一边。

"我要沿着树顶返回去。"汤姆决定。

海因通过无线电命令他们:"立刻降落,不然就对你们进行扫射!"

汤姆没有理会这个警告,继续保持动力俯冲,往水面飞去。喷气飞机翻转过来,追上水上飞机并靠近它易受攻击的部位开始扫射。子弹射进了客舱,有些把机翼烧出一些小孔。

"他们真的开火了!"巴德呻吟道。

汤姆接近水面的时候,停止了俯冲,切断引擎,水平地往树林飞去。喷气式飞机已经飞出很远了,现在又返回来再次追赶水上飞机。

突然,左舷发动机发出了噼啪的响声,接着又是一阵噗噗的声音,之后就停止运转了。

"做好坠机的准备!"汤姆大叫道,"我尽量让它停下来!"说着他降低了阻力板。

汤姆向前看,在他们刚飞进来的地方,狭窄山谷的尽头隐隐出现一条树木茂密的海岸线。喷气飞机在高大的松树后面找不到自己的目标,掉头飞走消失了。

但是这架海上飞机依然在水面上快速地飞行停不下来,掠过峡谷,发了疯一样冲向岩石海岸!

第九章　别出心裁的逃亡

男孩们在机舱里被猛烈的撞击甩了出去，坠机让他们不知所措起来。汤姆首先反应过来，向巴德爬了过去，巴德还在昏迷着。

"巴德！"他大叫着，轻轻地拍了拍巴德的脸，"快醒醒，伙计！我们必须赶快离开这里。他们会回来扫射我们的！"

巴德慢慢地摇了摇头作为回答。

"好的，长官。"他说着坐了起来，虚弱地笑了一下，"太幸运了，我们都没受伤！"

男孩们很快站了起来看了看他们的俘虏。约翰逊表面上只是受了点惊吓。

"既然他没有受伤，我们就把他拉进树林放在那。"汤姆说，"之后再回来带走他。"

就这样决定了，汤姆猛向前冲去。

"你准备去哪里？"巴德问。

汤姆回答："我认为逃离这个陷阱的唯一办法就是先跑到那片空地前面。正好在坠机前，我发现了那个地方。"

"正合我意。"巴德说。四处看了看这片荒地后，他接着说："领路吧，开道者！"

第九章　别出心裁的逃亡

接下来的一个小时，男孩们没有顾及身上的伤，继续往汤姆发现的那片荒地走去。最终巴德发现了一条小路。他们顺着小路往前走，不一会儿就出现了一条木排公路。

"好吧，路没那么难走了。"巴德说。

然而他们还没放松一会儿，就听到了直升机逼近的呼呼声，便赶快趴下寻找掩盖物。一颗子弹扫射到了这片森林的地面，距离他们只有3米远。

另一轮子弹直接扫射在他们前面的公路上，汤姆和巴德疯狂地开始寻找安全的躲避地点。他们看到离公路不远处有一个破烂不堪的小屋，便朝那跑去。

很不幸，这个小屋就是个诱饵，一个手拿步枪的陌生人忽然从阴影里悄悄地朝他们走去。

那个男人对着天空开了一枪。然后他用没有拿枪的手，打个手势示意男孩们再次向公路走去。男孩们没有其他选择只能无奈地遵守命令。扫射停止了，他们松了一口气。很显然，抓住他们的人已经开枪宣告抓住了这两个入侵者。

飞行员把直升机降到了树顶的高度，抛出了一捆绳梯。不一会儿，一个看不清面孔穿着白色飞行服的人出现在舱口下面的绳梯上。他做了一个手势让汤姆和巴德往上爬。

"我们来做个交易吧。"汤姆说，"你让我们走，我们告诉你被我们抓住的人在哪里！"

对方保持沉默！

"这些家伙不太爱说话啊。"巴德抱怨着。"哎哟！"抓住他们的人用步枪戳了一下巴德的背，他大叫了一声。

汤姆在想他们为什么一点也不关心约翰逊。"他们肯定已经找到他了!"他肯定道。

男孩们爬进机舱时,飞行员还是没有说一句话,机舱里还有另外两个人。绳子被拉了上来,飞机上升越过了树林,开始往湖中的小空地返回。

在他们到达湖中突起的宽岛时,汤姆看到了在这里四散着一些被掩藏起来的燃料油罐,还有一些建筑物,这些跟他火箭工程试验基地的设施很相似。这个试验基地的面积和汤姆在费林岛上的那个几乎差不多。这里并不是石油公司的试验基地!

汤姆还没来得及用手肘推巴德提醒他注意这个地方,一个眼罩就系在了他们头上。直升机降落了,男孩们被押了出来。他们安静地走了几百米。一道门吱地一声被打开了,他们被猛拉进了一个小屋。

眼罩被摘下来,他们看清了自己在一个大房间里。看守他们的人一言不发地转身出去,砰地一声关了房间的门,从外面锁住了房间。他们听到他大步离开了。

"这些家伙肯定是外国人!"巴德小声对汤姆说,"他们可能不想让我们听出来他们是哪国人!"

汤姆点了点头说:"我也是这么想的,还有,如果这些家伙有个这样大的试验基地,我怀疑他们在某地肯定也有一个和我们一样大的超级火箭。"

"他们到底是谁?"巴德问,"还有他们的主基地在哪里?"

"这是两大难题!"汤姆回答,"我也好想知道答案。"

他观察了一下他们的"监狱",家具很少,用牢固的木头建成的。两扇窗户,一前一后,和墙一样高,外面用栅栏围着。

"巴德,推着我爬上前面的窗户,我要看看外面。"汤

第九章 别出心裁的逃亡

姆说。

他的朋友轻松地把他推上去了。

"我们在树林的边缘。"汤姆小心地告诉巴德,"外面有一架载货的水上飞机正在卸东西。天啊,有个长胡子的人正往这走来!"

"让我看看!"巴德小声说,他们交换了位置。

这个男人,拿着枪,守在小屋的前面。

与此同时,汤姆悄悄地检查了一下窗户,窗子的框架和栅栏都是用铝做的。

"要是现在有些水银和一杯水,我们就能从这逃出去!"他说着跳了下来。

"当然了,如果我现在有一颗炸弹,我就能炸了这里出去了。"巴德说。

汤姆笑了笑,继续检查这间屋子。突然他站住了。

"就是这个东西!"他兴奋地小声说着,"墙上的温度计!巴德快找看守的人要一杯水。"

"可是我没看出来它们之间有什么联系。"巴德疑惑地看着他的朋友说。

"我想做一个小实验。"汤姆取下墙上的温度计说。

巴德敲敲门,看守的人打开了门。当得知他听不懂英语时,巴德做了一个喝水的样子。看守的人端来了一杯水,又把门锁上了。

汤姆又爬上了巴德的肩膀,但是这一次是后面的窗户。年轻发明家打破了温度计管,把里面的水银滴在了窗框的各个部分。巴德出神地看着。"这些水银能够穿透铝表面的氧化物。"汤姆解释着，"现在把水递给我。"

巴德把水递给汤姆，他慢慢地把水倒在刚刚滴水银的地方。铝开始溶解。几次操作后，化学物腐蚀了整个窗框。

"哈哈！"他做了一个手势，"成功了！"

"真的吗？现在怎么办？"巴德问。

"等我把这些栅栏条拉出去，我们就准备坐那架载货飞机逃出去！"

"看守的人怎么办？"在汤姆轻易地把栅栏条拉出去的时候，巴德问。

"我们要小心他。快点！"

巴德跟着汤姆爬过窗户跳到地上。

"我会躲在那个大灌木丛后面。"汤姆小声说，"你弄出点刮擦声吸引看守的人过来。他过来查看时，扑倒他，我打开门把他关进去。"

汤姆藏在离这个建筑物大概3米的地方，巴德折断了一根树枝在地上来回滑动发出嗖嗖的响声。看守的人听到了声音跑过来，很快就来到这个角落，嘴里还念念有词。

巴德向他跳了过去，一只手堵住了他的嘴，他还没从这场袭击中反应过来，汤姆已经猛冲了一下撞开了门，返回来帮巴德。他用一条手绢紧紧地堵住了看守人的嘴巴，再把他的双手反扣在背后绑了起来。男孩们把他放在房间里的床上，锁住了门。

"现在我们逃离这里吧！"汤姆催促着。

他和巴德都知道，看守的人会很快扯开那条手帕。但是男孩们希望那个时候他们已经安全逃走了。男孩们以最快的速度穿过树林，一刻不停歇地跑，直到他们跑到一个小高地，和那架载货

第九章 别出心裁的逃亡

飞机只有30米的距离。

"我们可以趁机从这里逃走!"汤姆边往矮灌木丛边缘爬行边小声地说。

那架载货飞机上非常热闹。四位机组人员正用男孩们听不懂的语言飞快含糊地说着什么,把盒子一件一件地从扶梯上往小卡车上搬。最后,飞行员向卡车司机挥了挥手。

"他们已经卸完货了。"汤姆悄悄地说,"希望他们全都离开!"男孩们松了一口气,飞行员和机组人员跳上了其中一辆卡车,开着车穿过那片空地往食堂去了。

"太好了!"汤姆大叫道,"偷了这架飞机!"

"是,机长!"

他们穿过高低不平的地面进入停机坪。

他们还有一小段距离就走出掩护物时,巴德发现飞机顶上还有一个看守人。

"再快点!"他大叫道。

汤姆登上了这架大飞机,扭过头正好看见巴德也过来了,并攀上扶梯进入了舱门。他继续径直穿过空无一物的货舱进入飞行员隔间,然后跳上座位打开了启动机和节流阀。飞机引擎启动了,发出了轰隆的响声。汤姆争分夺秒,加速开着飞机穿过水面,飞上了天空。

飞机向南开时,汤姆向下看到地面上一架水上飞机起飞了。他打开了三个引擎,飞机加速往前飞。

"在拦截机抓到我们之前,希望能返回到我们的领空。"汤姆暗暗祈祷着。

突然,一阵大叫声从货舱那边传来,打断了年轻飞行员思绪。

"汤姆！汤姆！"他听见巴德虚弱的叫声。

汤姆打开飞机里面的自动飞行装置，转过来看出了什么事。他来到货舱的后面，惊恐地发现装货的舱门卡住了巴德的手臂。

一阵强风就能把门和他的朋友吹走！

汤姆走到巴德身边想要把他的手臂拉出来，一阵子弹扫射到飞机的右舷机翼。

"不要让他们抓住我们！"巴德说道。

"但是你的胳膊……"汤姆说。

"我会……坚持住的……"

汤姆在为救他的朋友和立即逃走之间左右为难，愣了几秒钟，另一轮扫射又开始了。他做了决定，返回到飞行员座位，继续接管控制装置。追踪的飞机紧紧地跟着这架货运飞机！

汤姆立刻关闭了飞机发动机，让飞机往一侧飞行。这种紧急制动是一种方法，迫使敌人的喷气飞机只能在这艘较大的载货飞机旁边飞行。在这样的飞行方位上，敌人的子弹就没法打到汤姆。

汤姆操控着飞机忽然向敌机飞去，直到飞机右翼尖到了另一架飞机的左翼下面。然后他快速向上翻动载货飞机右翼飞到了小型飞机的上面，迫使小型喷气飞机倒转过来，然后急速向下。

等到敌人的飞行员又重新控制飞机时，汤姆把节流阀开到最大，逃离了射程。然后他再次开启飞机的自动飞行装置，打开无线电，跑过去看巴德。

他吃惊地看到巴德的头向下低垂着，他的膝盖耷拉在飞机舱板上。这个男孩正在努力忍受剧痛。

第十章　工作中的机器人

巴德紧闭双眼，喘着粗气，尽力保持清醒，汤姆意识到他副驾驶的手臂上可能会留下永远的伤疤。

汤姆从头顶上的滑车组扯下一段绳子，把他的朋友绑在一根柱子上，这样等机舱门打开的时候巴德才不会被风吸出去。

汤姆按了一下控制机舱门的操纵杆，发现它坏了。舱门还剩下最后几寸没有关上，巴德肯定想把舱门关上才用力去拉，结果手臂被卡住了。

汗水从汤姆的额头上流下来。他必须快点想出办法。他把自己也绑在柱子上，用尽全身力气推舱门，舱门还是没有动。

他减少了气压再去按操纵杆。一股新鲜空气涌进活塞时，汤姆用胳膊猛撞了一下舱门，空气里突然传来爆炸声，舱门开了。

他把巴德的手臂拉进来，锁上了舱门，巴德倒在地上。然后汤姆冲到驾驶位上，迅速地看了一下地形。

飞机向下朝着一条河流飞过去，他们正飞往蒙特尔。汤姆通过无线电请求了医疗救助，然后把飞机平稳地停在了河面上。货机一降落，一辆救护车就把巴德接走了。

"当心点！"汤姆叮嘱着医生，把他朋友发生的事告诉了医生，巴德现在已经是半昏半醒的状态了。

他们立刻把巴德送进了医院。汤姆也跟着坐进了救护车。年轻的发明家在等待巴德出来的时候，报了警，把整件事告诉了警察。他们没收了那架货机，向汤姆保证会立刻调查精制炼油公司的工厂，并把结果告诉他。

　　接着，汤姆又给费林岛打了个电话，他跟哈伦·艾姆斯通了话，报告了一下这边最新情况。

　　"你和巴德能从那里活着逃出来真是太幸运了。"他说道，"我派一架飞机把你们接回来吧。"

　　"好的。"

　　艾姆斯并没有挂断电话，这样他就能听到巴德的情况。一个护士走过来告诉汤姆，他的朋友已经醒过来了，几个小时后就能出院了。他的手臂伤势并不是太严重，多亏了汤姆及时想到办法。汤姆把这个好消息转告给了艾姆斯，之后才挂了电话。

　　一个小时后，坐在休息室等候巴德的汤姆惊喜地看到这个男孩走了进来，后面跟着一位医生，巴德的右胳膊上绑着绷带。

　　"天啊，见到你真高兴！"汤姆大叫道，"我还以为我们的火箭之旅要泡汤了呢。"

　　"就算要把我抬上火箭，我还是会去的！"巴德笑着回答，"下次只要确定舱门关着就好了。"

　　但是当巴德受伤的手臂从墙边擦过的时候，汤姆还是看到他脸上闪过一丝痛苦的表情。

　　"手臂没有断你真是太幸运了。"医生说，"回家之后还要去看一下你的私人医生。"

　　"我们还不回家。"汤姆打断了医生的话，"但是如果……"

第十章 工作中的机器人

"岛上的卡曼医生怎么样?"巴德说,"我们现在就走吧!"

男孩们开着车往飞机场去,他们到的时候正好看到公司派来的快速喷气飞机降落,驾驶员是汉森。在了解到巴德的手臂过几天才能痊愈时,汉森面无表情地说:"我相信你们这两个家伙在太空上也会和在地球一样安全的。"

汤姆笑着说:"或许会更安全吧。"

他和巴德登上飞机飞往费林岛。几个小时后他们降落在岛上,哈伦·艾姆斯急忙过来看他们。

"你们两个都没事吧?"他心急地问。

"当然没事。"巴德回答。"我们是魔毯小子,我和汤姆被抓之后,我们就乘着魔毯飞走了。"

他的同伴笑了,然后向飞机库走去。

"I国警方那边有什么消息吗?"汤姆问。

"还没有。"艾姆斯回答。

"还有其他的事情么?"

"有,你父亲打来电话说太阳系内的回转仪可以取回来了。汉克·斯特林已经去取了。"

"太好了。"汤姆看朋友大声打着哈欠,接着说,"巴德,你最好休息一下。"

"你呢?你也累了一天了。"

"哦,我会去休息的。"汤姆保证道,"睡之前我要先去看几样东西。"

"好的,夜猫子。"巴德朝汉森眨了眨眼。"在天亮前好好看着我们的新发明。如果汤姆决定乘着火箭起飞,一定要通知我。我感觉他想甩掉我。"

他和汉森开着吉普车走了。汤姆去通讯室等I国那边的最新消息。他最终还是没能战胜疲劳,躺在房间的小床上睡了,黎明时贝林叫醒了他。

"我们有个让你难以置信的消息!"他开口说,"I国警方接到你的电话后一个小时内赶到那个火箭基地。"

"他们把所有人抓起来了。"汤姆插了一句。

"一个也没抓。那个地方是个废城!"

"什么!"汤姆难以置信地大叫出声,"那他们的燃料罐和其他设备呢?"

"大多数装置都被炸了,要么就是被丢弃了。"贝林回答道,"到处一个人影都没有!"

"知道他们去了哪儿吗?"汤姆问,"他们有没有留下其他线索?"

"没有什么线索,但他们可能乘着一架超大远程飞机往北极方向飞去了。"贝林回答,"一位伐木工人说他看到许多飞机往东北方向飞去了。警方猜测海因那伙人肯定知道他们往哪个方向飞都能被轻易找到。"

"是这样的。"汤姆说,"还有其他的吗?"

贝林告诉他已经派警卫去被遗弃的基地了,看在那还能查出什么。

汤姆非常失望。罪犯又逃走了!

汤姆怀着沉重的心情再次躺了下来,他用了一个小时把所有的问题在脑海中思索了一遍。最后又睡着了,不一会儿被隔壁房

第十章 工作中的机器人

间嗡嗡的声音吵醒了。是一个信号！他跳起来，冲了出去。

"或许是那些看护火箭的人发出来的。"他兴奋地想着。

但是发出信号的原因与他想的截然相反。

"斯特林正在呼救。"汉森说，"他遇到麻烦了。一架陌生的飞机正想法击落他！他们刚刚空战了一次！"

"你知道他现在的方位么？"汤姆大叫道。

"知道。在西边，距离这只有320千米！"

"我要去帮他！"汤姆坚定地说，"我需要岛上最快的飞机，也就是"蓝天女王"，无论怎样我都要拖住攻击汉克的人。"

汤姆没有再说其他的，打开扩音器，命令飞行实验室的机组人员给那架巨型飞机预热。然后他要求在"蓝天女王"里带一名拦截机机器人。最后他叫着汉森和他一起出去了。

"一分钟内准备完毕！"汉森回答，"是！"

两人在飞机场会面后，立刻登上了"蓝天女王"。汤姆把尖嘴无人机放进了飞行实验室的飞机库后，告诉了汉森为什么要带一名机器人。然后汉森站在了一架小飞机旁边的遥控装置旁，这个蜂鸣器能让飞机库保持平稳。

汤姆早就冲进第二舱板上准备起飞了。距离收到求救声到现在只有十分钟的时间！

"蓝天女王"狂啸着向天空飞去，几秒钟后就进入天空，去拦截攻击斯特林的飞机了。汤姆联系上了汉克，知道空战还在继续。几分钟后，飞行实验室以每小时320千米的速度，赶到了空战现场。

不远处两个黑色的小点正激烈地交战，"蓝天女王"向他们逼近了。

第十章　工作中的机器人

"好的，阿维德，加油，跟在机器人后面！"汤姆的声音从对讲机里面传来。

飞机库的门打开了，汤姆看到一架仿真飞机冲了出去。汉森有技巧地控制着。

"你直接飞向那个家伙！"汤姆对他说，"从他右边转过去，把他从汉克身边引开。"

"收到！"汉森回答。

汤姆紧张地盯着攻击汉克的人，他现在正不顾一切试图从另一架飞机旁边飞过去。

"他肯定知道有人来攻击他了。"汉森说，"我刚才试着接近他，但是没能成功。"

"再试一次！"汤姆催促道。

敌人的飞行员试图从右边进来。当他转过来以一个全新的角度飞来时，强大的迫降仪器用电子柄抓住了飞机，并把飞行员猛烈地扔了出去。汉克可以顺利地往前飞了。

"我们抓住他了！"汉森在电话里面兴奋地大叫，"汤姆，你打算让他在这降落吗？"

"不。我们要把他带回费林岛。"

在这四架飞机往海洋边的火箭基地飞去时，汉克通过无线电跟汤姆对话。

"汤姆，谢谢你！"他说，"机器人太有用了。天啊，它阻截那架飞机的路线就像一流的枪手打鸟一样。"

汤姆看到无人机机器人的表现后，非常高兴。"你跟那个家伙周旋得很辛苦吗？"他问。

"他差点就抓住了我。我以为我能胜过他，但是没有。你知道他是谁吗？"

"我猜他也是试图摧毁火箭工程的那伙人中的一分子。"汤姆回答。

"你这次抓到一个有用的人了。"汉克接着说，"那伙秘密分子永远也不会得到你的基地。"

"他还好么？"

"很好！"

"好的，你飞在前面首先降落。"在他们接近大西洋的时候，汤姆提出建议。

"或许我们可以从这个家伙身上得到在海因和其他家伙身上得不到的信息。"在他们飞到费林岛上的那片水域时，汤姆在心里想。他们转了一圈准备降落。

护卫队从护卫机器人身边滑行而过，往机场那边飞过去了。汉克·斯特林早就把飞机停进了飞机库。

汤姆让"蓝天女王"在空中盘旋了一会儿，让另外两架小飞机先进机库。在他们都进入了飞机库后，汤姆降低了飞行实验室的飞行高度。

在他们接近机场的时候，年轻科学家的心跳开始加快，这个刚抓来的俘虏会给他们带来什么线索呢？

第十一章 编码威胁

三架飞机降落之后，技术人员冲进费林岛的飞机场开始工作，一些人把无人机推进了飞机库，另一些人站在原地待命。

汤姆在升降机上开了一个小口，把"蓝天女王"停在了起飞盘上。

他从飞机上走下来路过第一个起飞盘，汉森刚好从飞机库走过来。汤姆说："干得漂亮！你现在处理这些已经非常熟练了！"

汉森笑了。他们一起去检查那架被俘虏的飞机，艾姆斯也和他们一起来了。飞行员面无表情地坐着，他留着黑色的胡须，很瘦，大概40多岁。

"你叫什么名字？"汤姆取下他头上的塑料飞行眼罩问他。

回答他的是憎恨的眼神。

"我们会去找你的证件的。"艾姆斯说。这个飞行员一下飞机，他就搜了他的口袋，但是什么也没有找到。

"或许在他的飞机里会有什么线索。"汤姆提出来，"把我们的'参观者'带到飞机库的办公室。"

汉森和其他几个人看着罪犯，汤姆和艾姆斯爬进了那架飞机仔细搜索。十分钟后，他们什么也没有找到，只有去检验指纹了，但是艾姆斯认为调查局可能没有指纹记录。这时候，汤姆大叫了一声："等等，等会！"

他注意到飞机机身是用铝合金胶合板包住的，经过调查，汤姆发现这些合成物的厚度只有3毫米。在靠近驾驶座舱的地板上，沿着墙上有一条黑色修边线。

他的手指在这些地方滑动，指甲卡进了边缘。在那里有一个细长的小条胶带，他快速地撕了下来。

"这里好像有什么东西！"他大叫着，右手食指摸着被折叠的羊皮纸小袋的边缘，它在木头和金属外壳之间。汤姆把它抓起来。

这个小袋主要有三部分：两个带有线路的路线图，用红色马克笔做了标记，一张潦草的涂鸦本。好像是用代码写的，但是最后几个字吸引了汤姆，它是罗特左格。

他为这个发现感到欣喜若狂，觉得这就是最重要的秘密。汤姆把这个小袋放入他衣服最里面的口袋，和艾姆斯迅速回到自己的办公室。在办公室里面，汤姆把那三张纸展开在桌子上。在一张图表上，他们发现有一条线从费林岛一直延伸到I国的那个被遗弃的火箭基地。

"这就是我们的'参观者'和间谍联系的线！"艾姆斯说。

汤姆拿起另一张图表看着，大叫一声。

"艾姆斯！"他大叫道，"贝林猜中了这些飞机可能要去的地方。

第十一章 编码威胁

"那里或许才是他们主要的火箭基地!"汤姆大声说,"现在我们知道在哪里了,我要去看看!"

艾姆斯把手放在汤姆的肩膀上说:"如果你能接受合理的建议,你就应该待在这里,发射自己的载人火箭,把这家伙交给警方处理。"

"你说得对。"汤姆说,"而且我们也没有时间再浪费了,但是我和巴德和那群人还有私人恩怨要处理。"

"你要记住。"艾姆斯说,"虽然我们什么都不知道,但是你的竞争对手现在肯定已经也在制造火箭了,这些前来干扰你的罪犯或许并不了解正在制造火箭的科学家,他们只是受某些资助国家的怂恿。"

"你说得很有道理。"汤姆赞同道,把注意力转向了代码本。

从抽屉里拿出来代码本后,在这个安保人员的帮助下,汤姆盯着罗特左格写的代码,试图破译里面的信息。"这肯定是使用外语写的。"汤姆最后得出结论,"我们必须要找调查局帮忙了。"

年轻的科学家走到电视电话前,接通了X城的电话,找到里道尔顿,他是东北地区的电视播音员。汤姆把那张纸放在镜头下,让对方把屏幕上的信息拍张照片,立刻拿到调查局办公室破译。

"尽快回电。"汤姆催促着,"我们会把罪犯留在这里,直到得到你的来信。"

"好的，汤姆！"道尔顿回答道，便从屏幕上消失了。

与此同时，汤姆把从肖普顿带回来的设备搬进实验室。如果经过全面的测试，这个新的太阳系回转仪比安装在火箭里面的那台要好一些的话，他会把两个对换一下。

巴德赶来了，在过去的两个小时里，这个男孩一直忙于认真调试那个复杂的设备。在汤姆做最后的测试之前，电视电话响起来了。

"我把代码破译结果拿过来了，我在这等着直到你完全清楚了里面的内容！"道尔顿大声说。

他拿出了一个打印的结果放在屏幕下面，上面显示：

干扰所有斯威夫特公司火箭工作人员的行动。不要再回到岛上。十四号在鲤鱼等着进一步指示。罗特左格。

"调查局早就关注他们了。"道尔顿说，"你想要做什么？"

"没有了！"汤姆回答，"谢谢你的帮助。"

"这个罗特左格是谁？"关了电视电话后，巴德问，"也许它就是给海因和约翰逊寄信的那个人。好吧，至少我们知道这个人的名字了！"

"名字是有了。但是他们的位置在哪里呢？"汤姆在心里想着，"我猜鲤鱼是阿留申群岛中的一个小岛。"他在地图上找了一会儿但是没有找到。"或者是他们基地的秘密名字。"他确定着。

汤姆继续说着，对于解决这个问题，国际上应该有一个统一办法，现在他要去审问一下抓住的人了。对于自己被抓后，他们所调查出来的信息，那个留有胡须的男人感到非常震惊。

第十一章 编码威胁

然而他还是什么都不承认。

"我会让调查局来带走你和你的飞机。"汤姆告诉他之后就继续自己的工作了。

巴德心里还是不舒服，最后他承认了自己很担心。如果这个陌生人没有向上级报告最新情况，罗特左格或许还会派其他人来阻挠岛上的行动，加倍地破坏火箭发射基地。

"你能发明出来一个东西来保证安全么？"他问汤姆，"哦，我知道截至目前我们每次都能抓住入侵者，但是我还是很紧张。"

汤姆笑了。"我会想办法的。"他保证道，"巴德，你要做的就是行动起来，不如驾驶'蓝天女王'飞一次？"

巴德的双眼先变得明亮起来，"去哪里？"

"不，直飞。我们还需要在大气中测试宇宙线联合高度计以及恒星六分仪的情况。"

恒星六分仪也是汤姆了不起的发明之一。有了这个火箭，驾驶员就能随时知道自己在宇宙中的航行定位。这个发明的价值仅排在喷射器之后。

"我想你没必要测试了。"巴德说，"你有那个超棒的飞行记录带。"

"的确是那样，但是一旦出了什么问题，就能立刻知道我们的具体位置了。"

"我想说的是，如果我在太空中迷失了再也不能返回地球，没准这个能让我知道我在哪个星球流浪。"巴德回答。

汤姆轻轻地戳了一下他的副驾驶，然后他们就准备返回住的地方吃午饭了。让他们吃惊的是乔并没有待在小屋子里，也没有准备任何午饭。

"你猜他现在在哪里?"汤姆问,"我们这位厨师不可能离开。"

巴德突然笑了,说:"我想我知道在哪里了,跟我来!"

在岛的海岸线上有一个小峡谷,他们往那边走去。"我敢和你打赌乔正在和鳗鱼说话。"

汤姆笑了。有次旅途中,这位厨师抓到了两条奇怪的鳗鱼,乔决定以后要用它来发展自己的渔业。因此他就把这些鳗鱼带回费林岛,为它们在峡谷那建了一个小鱼坝。

篱笆缠得很结实、牢固,但是到现在都没有大鱼进来,一条也没有抓住。乔还是抱着希望,在每次退潮的时候都过来看看他的工程,不管白天黑夜。

那位厨师在离岸边大概16米的水中,海水已经到他腹部了。他看起来很不高兴,艰难地走着。

"发生什么事了?"巴德大叫道,"鱼咬你了?"

"什么?没有!"乔吼道,"这里一条鱼也没有!"

"没有鱼!"

"连我的鳗鱼都丢了!"乔难过地说着。

"你的船在哪里?"汤姆问,他知道这位厨师每次出门都会乘着小船。

"在我去追鳗鱼时,破船翻了,我的划桨也丢了,然后船趁着水流漂走了!"

乔托着沉重的步伐走向沙滩。大量海水从他的衣服和鞋子里渗出后,滴下来。男孩们大声笑着。

"好吧,打开我的海灯。"乔说,"我认为你们两个家伙应该感到遗憾,晚上没有吃上鱼。"回到了房间,他长长地叹了一口气。"恐怕我今天的菜做不成了。"他遗憾地说。

沮丧的厨师换完衣服之后,做了猪肉排骨和玉米布丁,最后以提前做好的一个苹果派结束了这次午餐。

尽管男孩们对他的厨艺赞不绝口,他还是很沮丧。他要求汤姆,要是很快去南美的话,帮他多带几条电鳗回来。

"这个恐怕不行。"汤姆回答,"但是如果你想要让我从3千米的上空带点东西回来的话,我会帮你这个忙的。我和巴德准备现在起飞去做几个小实验。"

"从其他星球带回来这些东西?"乔迫切地问,"你的意思是你会带回来一些小玩意来研究,所以你就可以和他们对话了?"

汤姆告诉他那些小玩意是以数学符号形式发过来的无线电脉冲。他们想要给太空中的生命传递一种信息。

"什么样的信息?"乔问。

"很明显。"汤姆回答,"这些人还没有过来看我们的唯一原因,就是他们还没有找到一种方法能穿透地球上的大气层而不坠毁。"

"他们遇到什么问题了啊?"乔继续问。

"我认为他们的体重非常轻而且有很强的顺磁性。"

"那是什么意思?"这个厨师问道。

两个男孩笑了,然后汤姆解释道:"太空中的生物会受到磁力线的影响。这样一来如果他们被吸进地球的磁场就不能行动了。"

"他们最好远离这个有磁力的小星球。"乔说,"我们没有他们也很好啊。"但是这位厨师突然又笑了继续说:"无论怎样,如果你看到这些奇怪的种族,向他们传达我的问候。"

乔转过身进了厨房。在男孩们离开小屋的时候,汤姆说:"我希望要不了多久我就能替乔转达他的问候。你知道的,巴德,我和爸爸很苦恼不能帮这些太空人想出办法。他们能够和我们交流,可是我们却没法答复他们!"

"如果你和你爸爸能研究这个时间再长点……"巴德话没有说完,因为汤姆忽然打了一个响指。

"我知道该怎样解决这个难题了。"汤姆兴奋地说。

第十二章 危险的酸液

对汤姆这样突然间出现灵感，他已经很熟悉了。巴德没有打断朋友的思考，等了一分钟。然后，他问汤姆打算怎样解决让神秘的太空人穿透大气层的问题。

"我要告诉他们怎样制作一套消磁服来保护自己的身体。"

"好办法。"巴德说，"但是你究竟要怎样用几何图形告诉他们呢？"

"这还需要做大量的工作，但是有一天我会做到的！"汤姆充满信心地说，然后开始自言自语起来，"我可以用一个弧形的物体代替防护物……"

这个时候扩音器系统传来一条广播，让汤姆·斯威夫特去会谈室。

"巴德，你先去把飞行实验室预热一下吧，我去看看有什么事。"他说道。

"好的。"巴德回答，开着吉普车离开了。

汤姆赶到广播室，贝林和艾姆斯正在那看一条消息。

"你们肯定有什么消息了。"汤姆说。

"我们是有。"艾姆斯回答，"你抓住的第一个间谍——德雷顿，后来证明是格雷的那个人，已经向调查局招供了。"

"他说出罗特左格了？"汤姆难以置信的大叫道。

"是的。"安保警官回答，"贝林刚刚带回了这个消息。罗特左格是一个疯狂的科学家，没有国籍，非常有钱，没有人知道他的钱是从哪里来的，都是现金，他的员工薪水非常高。"

"用来给这些间谍偷别人的发明？"汤姆问。

"不止这些。格雷说罗特左格想要建立一个太空平台来统治世界。"

汤姆问调查局是否已经抓到他了，令人失望的是格雷也不知道罗特左格在哪里，也不知道他火箭飞船的位置。格雷都是通过海因得到行动指示，从来没见过罗特左格。

艾姆斯说："格雷和约翰逊也是最近才为这个公司工作的，对这个间谍工作他们也不是很清楚。但是有一点格雷很确定，汤姆你应该接受他的鞠躬，在世界上所有的火箭制造者中，罗特左格只怕你。"

汤姆笑着说："在我对罗特左格有更深入的了解之前，我不会把这当作恭维。"

"好吧，还有一个坏消息。"贝林说，"罗特左格已经宣布他会竭尽所能地阻止你的载人火箭飞船进入太空！"

"原来是这样的啊。"汤姆皱着眉头说。

"是的，自从我听到这个消息后，我已经为岛内制定出了新的安保措施，之前我想罗特左格只不过是想偷走你的发明，而现在我更担心他想毁了你。"艾姆斯回答。

汤姆看起来心事很重，他也很疑惑。为什么罗特左格不担心参加火箭大赛的其他参赛者会阻止他实现掌控世界的梦想？当他说出自己的疑惑时，艾姆斯立刻说："这很容易想到，你是目前唯

第十二章 危险的酸液

一个知道怎样利用太阳能量的火箭制造者。知道这个方法,你就能掌控整个地球了。"

汤姆忧郁的表情转化成了微笑,"这个地球上有太多像罗特左格那样的人!我没办法把他们全都解决掉!"

他和艾姆斯、贝林又讨论了几分钟关于安保措施的问题。最后决定,岛内使用的每架飞机都要携带一个畸变器,这也是汤姆的发明之一,他们已经用它打败了一伙神秘的海盗,这个畸变器能够有效对付超声波射线枪。这个发明家还定制了充足的畸变器安装在岛上,为岛内提供足够的保护,防止各种空袭。

"我现在准备驾驶'蓝天女王'去测试宇宙光线测高仪和星球六分仪。"汤姆跟他的朋友说,"我要在起飞前在飞行实验室的顶部安装一个畸变器。"

汤姆给飞机库那边打了电话,告诉巴德等这个问题解决了再出发。一个小时后安装完成,巨型飞机也已经准备好,汤姆、巴德、汉森还有斯特林登上了飞机,汤姆启动了升降机。

巨型飞船从跑道垂直上升时地面的震动声十分响亮。太空船以惊人的速度往上冲,穿进黄昏的薄雾,消失在岛内人群的视线里。

当高度仪的指针显示一万尺时,汤姆切换到前冲喷气,"蓝天女王"以优美的弧线向上爬升。

汤姆把飞机设置成自动旋转模式,并邀请其他人来到飞机尾部的实验室观察他发明的设备。他们都进来后,他说:"这个航行设备一开始只是为了短距离飞行设计的,当我们真正进入太空时,我们还是更多要依靠半径显示器。"

汉克·斯特林问："这个发明跟我们用的那些普通的无液气压计高度仪有什么不同呢？"

汤姆回答："高度仪主要是依靠测量大气中的压力工作的，在空气压力比较低的地方就没法使用了，这个设备能吸收太阳中最嘈杂的射线。越靠近太阳波段越嘈杂。"

汉克问："这个设备精确度是多少？"

汤姆回答："几米之内，老实说，这个设备的某些部分并不是我突然想出来的，而是综合考虑许多因素得出来的。"

"这个航行仪器的某些部分是你综合考虑后得出来的？"巴德问。

"是的，我利用了太阳辐射的原理把它运用在了其他星球上。这个设置在黑暗中能够截取三个星球的线波，所以火箭的位置就能立刻显示在刻度盘上了。"汤姆回答。

"快让我们看看它运转吧。"汉克催促道。

汤姆打开了开关钮，响起了一阵呼呼声，转盘的指针立刻移动到23千米。另一个开关啪啪地响，转盘的最顶端出现五个点。

"最底部黑色的那个点是地球，其他三个红色的点是行星。"

"最小的那个肯定是用来固定位置的。"汉克说。

"是的，这个点是这几个行星线的交叉点。"

"你怎么知道在你屏幕上显示的是哪个行星？"

"每个一级行星都会发出与众不同的声音，听。"汤姆解释。

设备里面传来三种轻微不同的哔哔声。汤姆参照一个表格，

确定它们分别是天津四、织女星和牵牛星。

"整个装置的最大特点是这个设备能够植入到自动驾驶仪里面。"汤姆进一步解释。

"你的意思是它能同时操控航行和转向?"汉森激动地说。

"是的。"汤姆说。

"太不可思议了,现在确实显示它的运行状态非常好。快告诉我,汤姆,你给这个东西取名字了么?"

汤姆无辜地笑着说:"我觉得我发明出它们比给它们起个名字还要容易些,你有什么想法么?"

汉森提出建议说:"要不就叫它宇宙飞船大脑?"

"听起来不错,既适合这个发明又适合发明家。"汉克表示,然后转过来对汤姆说,"我完全赞同,汤姆,你觉得呢?"

"我也觉得不错,就叫它宇宙飞船大脑。"发明家说。

他返回到设备旁边,又在飞行日志上记录下一些东西。汤姆头也没抬地问其他人有没有注意高度仪上的度数。

"已经超过24千米了,你知道的,这是我离天空最近的一次了。"汉森惊叹道。

"或许这也是你能到达的最高点了,是吗?"汉克刺激他说。

汤姆笑着说:"我们现在开始下降吧。"

三个人又回到了飞行员隔间。他们刚坐下,"蓝天女王"就轻微地震动了一下。

"出乎意料的事情总是很有趣,直到现在飞行的天气一直都很好,一路上都没有不顺的地方。"巴德惊叹道。

"震动好像是从飞机尾部传过来的,不是外面,我现在要去看一下,你们几个想要和我一起么?"汤姆看着斯特林、汉森说。

检查过飞机的翼片之后,年轻的科学家确定所有的喷气机都没有问题,便和他的朋友返回了飞机尾部。

"我们再去看看实验室吧,问题可能出在那里。"他说。

汤姆向后滑动实验室笨重的隔音门。一大片令人作呕的烟雾涌到了走廊。汤姆立刻认出了它们。

"是氢氟酸,我现在去拿防毒面具!"汤姆大叫道。

他跑着,咳嗽着从走廊的小房间拿防毒面具时,酸烟已经刺激了他的喉咙。

"肯定有人打开了酸烟储存器,否则它怎么也不会自己流出来的!"他在拿防毒面具的时候想到。

他跑回实验室,把防毒面具递给自己的朋友,并迅速调整了自己的。

"快点!如果我们不赶快把这些东西中和掉,太空船就会被它们腐蚀出一个大洞。如果我们的压力系统失灵的话,在这个高度上空气会流失掉,那样我们就完了!"

第十三章　惊人的上升

汤姆、斯特林和汉森冲进实验室时，看到大量流出来的酸已经把地板腐蚀了一个洞，渗透到飞机里较低的甲板处。很快就会流到脆弱的机身处！

他钻进一间储存室抓起三袋熟石灰，递给斯特林和汉森每人一袋。

"在整个甲板被腐蚀前，把这倒在酸周围！"他透过防毒面具大声喊道。

汤姆抓着熟石灰袋子转过身沿着走廊往楼梯那边冲过去。他打开下面隔间的门灯的开关。酸也渗进了这里的地板。

但是这里被酸覆盖的范围还是很小，汤姆迅速把熟石灰倒在上面。确定完这里的损坏程度之后，他想到了斯特林和汉森。有些酸还是有可能进入机身框架裂缝，腐蚀太空船的外壳。

有一点是确定的："蓝天女王"必须要尽快返回到合适的高度。他冲到对讲机前大声喊道："巴德，现在尽你所能立刻降低太空船的高度！"

巴德没有问为什么，立刻行动起来！飞机向下极速俯冲的时候，他从汤姆的声音中感觉到，这次太空船上的人能否安全脱险全靠他的飞行技巧了。

在俯冲速度加快的时候，从自己腹部绷紧的程度和手臂上失重的感觉，汤姆想他们现在飞行的速度肯定是绝无仅有的。

"我们现在的高度是多少？"他通过对讲机问巴德。

"两万八千。"

"如果机身裂开漏气的话还是有危险！"汤姆想。他关上门向楼梯走去，拿起了电话问："巴德，现在的高度是多少？"

"一万五千。"

"正好！"汤姆戴着防毒面具稍稍松了一口气，他说，"巴德，现在最好让飞船从俯冲当中出来缓一缓。"

在"蓝天女王"的降低飞行速度以优美的弧线向下飞行时，汤姆再次回到实验室检查损坏度。熟石灰非常有用，几分钟后飞船降落在岛内的飞机场。

在"蓝天女王"进行全面通风时，汤姆询问了负责飞船的每位机组人员，弄清楚氢氟酸到底是怎样泄漏的。他查出事故发生的原因是一位年轻的工作人员在安装时粗心没有把容器处理好。那个人感到很愧疚，他提出辞职，但是汤姆没有同意。

年轻的发明家说："我感到很庆幸，这不是一次蓄意破坏事件。"

与此同时，工作人员开始对飞行实验室进行临时修理。之后可能还会把它送回肖普顿做进一步的完善。

临近下午，在火箭里面安装了航行高度仪之后，汤姆接到了他爸爸的无线电话。

"家里一切都好吧？"汤姆飞快地问。

"嗯，都好。但是来自X城的消息让我很不安，我们的个

第十三章 惊人的上升

对手已经准备发射他的火箭了。"斯威夫特先生说。

汤姆大声叫道："天啊！好吧，我们必须要加快进度了，后天你带着妈妈、桑迪还有牛顿来岛上吧。我和巴德尽量在两点钟起飞。"

斯威夫特先生严肃地说："汤姆，听着，我当然想要你在所有的国家当中赢得这次火箭比赛，但是不能冒着生命危险。在你起飞进入太空之前一定要保证所有的一切都没有问题！"

"我会小心的。"汤姆向他保证，"有我的抗重力补偿呢。顺便问一下，其他人的载人火箭现在建得怎么样了？"

老发明家回答："一切都在计划当中，在你首航之后我们就会知道该做什么样的改动。"

汤姆立刻召集了所有相关人员开会，把他爸爸说的事传达了下去。

汤姆告诉大家："这就意味着我们还要加班赶在我爸爸说的那个竞争对手之前发射火箭。"

斯特林坚定地说："我们务必保证你们是第一个到达太空的人！"其他人的意见也是一致的。接着他又补充道："我知道这还是要取决于我们齐心协力的程度，大家都有什么意见吗？"

汉森催促道："我们开始行动吧，如果需要的话我们会加班的。"

大家又兴致勃勃地工作了几个小时，直到汤姆宣布结束。但是第二天早上大家起来得非常早，又继续工作。临近下午，巴德催着汤姆和他一起回到卧室用餐并休息一下。

"早上工作结束后，我能吃下一整片牛肉再加上一个苹果派。"

汤姆嘲笑他:"如果你真的吃下这么多的话,你会给火箭增加额外的重量。"

让他们感到意外的是乔为他们准备的晚餐是鱼。巴德忍不住朝汤姆看了一眼,然后开始打趣起这个厨师来。

他正经地说:"乔,我猜你是不是又弄到一批新电鳗?"

"没有,我是用鱼竿钓到这些黑线鳕鱼的。"他坦白地说。

巴德假装恶心地说:"乔,你不会用竿!"

这位厨师有点不好意思地说:"不管怎样,我能用好这根竿,还有,汤姆你那个火箭取了名字吗?"

"嗯,有名字了,叫作星剑,他已经准备好开始轨道飞行了。"

"什么是轨道啊?"乔皱着眉头问。

汤姆回答:"轨道就是跑道的意思,就是一个东西在一个接近圆形的道路上移动。"

"火箭在轨道上航行就像一个棒球在绳子的末尾摆动,你的手腕使球滚动的路线就相当于轨道。"巴德接着补充。

乔握紧拳头举起自己的手腕,挥挥手臂绕了个圈说:"这我明白了,继续说。"

"在火箭里面到了一定高度之后我们会关闭发动机,然后绕着我们的轨道飞行。"汤姆说。

"这样啊。但是你把喷射器关闭了,这样火箭还要怎么飞行呢?"乔嘟囔着,接着顺手抓了抓自己的秃头又说,"为什么它不慢慢地翻一圈后回到地球呢?"

汤姆回答:"地球是靠离心力来保持牵引力平衡的,在太空

第十三章 惊人的上升

中空气是没有质量的,所以没法让火箭减速。"

乔说:"我还是不明白,你们也不要对我抱希望了,记得加满油返回来就好。"说完转过身离开房间。

男孩们吃完饭之后急忙赶回发射基地。在那里,装满氮和液氧的罐车正在旁边放着,等着工作人员把它们注入高耸的火箭。

技术师们正在给飞船安装摄像机。雷达人员正在发射基地边缘最高的平台检查追踪设备。汤姆爬上了飞行员的遮篷,安装磁带录音机,这个磁带不仅能够设定启动飞行,如果火箭提前起飞时还能自动启动。

巴德返回发射平台问汤姆:"这个录音设备什么时候放进去?"

汤姆说:"那是最后一个要安装的东西,火箭委员会的所有人员在这些设备封闭送入鼻锥之前都要来看。他们自己也会带几个过来。"

巴德问汤姆下午之前还要安装什么,汤姆列了几项,并且告诉他最重要的是他爸爸的灰尘搜集器。

"这个发明主要是用来收集太空中的矿物微粒,地球上并没有发现这些东西,我爸爸觉得这个可能对我们非常有用。"汤姆解释说。

巴德问:"按照我们的飞行速度,你打算怎么收集这些灰尘呢?"

汤姆笑了笑,表示会在火箭外壳的某个开口处放置几个特制的铜盘,盘子之间会有导电区,用来收集灰尘。

汤姆非常骄傲地说:"爸爸把这些盘子做得非常牢固,就是太阳的直射也没法融化盘子上的微粒。"

接着在指示工作人员把各种燃料装进火箭的第四梯级之前，汤姆又检查了一遍。

一名油漆工正在将火箭飞船的名字刷在它身上最高处的位置。第一个字"星"已经完成了。汤姆站在那盯着它们看时，汉森走过来跟他说，为了庆祝这个大事，夜晚几个人想为这两个先驱举办一场晚会。

年轻的发明家笑着说："最好等我们把所有的工作都完成了之后。"

汤姆和巴德回到房间后变得严肃起来。这个意义重大的事件占据了他们的大脑，但他们很少谈及此事。到了早上，男孩们又恢复了精神，迫不及待地等着出发了。

"如果不是要等着火箭委员会的其他人员和几个参观者，我们现在就可以走了。"汤姆激动地说。

"我想我们需要其他人来送行。"巴德回复。

九点钟一切准备就绪，汤姆让哈伦在火箭里面看着。防止最后一分钟出现破坏活动的可能性。

汤姆告诉他："星剑从这一刻开始就封闭了，除了我和巴德或者和我们一起来的人，其他人都没有权利登上去，太空船将要出发，不要让任何一个人过来，大家也不要提出申请了，知道了吗？"

"知道了！"艾姆斯回答。他让两位安保人员站在外面，他自己进入了飞行员遮篷。

离开发射台人行通道的时候，汤姆看了看表。与此同时，扩音器传来一个消息，火箭委员会的代表们十点之后到达这里。斯威夫特和牛顿两家人不久后也会到达。

第十三章 惊人的上升

汤姆对巴德说:"我们到飞机场那边去接他们吧。"

男孩们跳进了吉普车往飞机场去了。他们刚刚走了100米后面传来一阵奇怪的呼啸声。汤姆踩住了刹车,两个男孩转过头看。

他们目瞪口呆,屏住呼吸,恐惧地看着。

一片巨大的热浪和带颜色的气体在发射区域翻滚着,呼啸着径直向上,在天空中变成了一条线。

"是火箭飞船!它自己发射了!"巴德大声喊道。

汤姆惊恐地叫道:"哈伦·艾姆斯还在火箭里面!"

第十四章　紧急命令

在火箭飞船失控地往天空飞去时，汤姆惊慌失措地看着，有一瞬间不知道地面发生了什么。现在，看看四周，不同岗位的工作人员都跑了出来。一些人开始往上爬，还有几个很明显受伤了，躺在那里一动不动。

"太糟糕了！"巴德说话的声音几乎听不见。

汤姆点点头，转过身回到吉普车上，冲到意外发射现场。现在，发射基地一片哗然。

汤姆吩咐巴德："照顾这些受伤的人员，我去看看怎么帮助艾姆斯。"

他们跳下吉普车，汤姆跑向雷达追踪平台，琼斯和操作人员站在那里，好像被吓傻了一样。飞驰的火箭早就在大气层中变成了一个黑点。汤姆转了一下瞄准镜，立刻把它固定好，然后转过身对离他只有几米远，还在无线电广播室的贝林大声喊道："尽量联系哈伦·艾姆斯，一直联系！"

"收到！"贝林回答。

"除非火箭发射的时候哈伦有机会保持水平姿势飞行，否则他会被撕成碎片！"这个年轻的发明家说。

汤姆叫来雷达人员告诉他们把追踪器从人工转为自动，巨大的雷达天线连成一条线，追踪火箭时抽动了一下。

汤姆说："如果哈伦能够安全度过发射时段，接下来我会指挥他该怎么做。"

"都要指挥什么？"琼斯问。

"只要我联系上哈伦，我会告诉他切断酒精线，关掉前三梯级的发动机，然后再往里面注入液氧。"

"他会做这些么？"琼斯问。

"会的，很容易。这样做的话，他至少不会在太空中迷失。"

无线电广播室传来一阵大叫声："汤姆！汤姆！我们联系上艾姆斯了！"年轻发明家冲进无线电广播室时，贝林接着说："他的情况很不好。"

汤姆通过发射器跟艾姆斯说话，鼓励他。他让艾姆斯仔细听清楚怎样做才能返回来。

"你能听到我说话吗？"

一个虚弱的声音传来："能听到。"

"你的手臂能抬起来吗？"

"能，能移动一点，多亏了你的抗重力这个发明，它起作用了。但是我想我快不行了。"

"坚持几分钟，你会没事的。"汤姆语带恳求地说。

然后他告诉艾姆斯按哪几个按钮能关闭发动机，把前三个梯级抛出去。

汤姆还说："注意你的飞行高度，在最后一梯级丢掉的时候，加快飞船的速度，直到到达回程的标记高度。标记是绿色的。懂了吗？"

第十四章 紧急命令

汤姆和其他人紧张而又安静地站在这里。发射区的每个角落现在都是死一般的寂静。之后从接收器里噼里啪啦模糊地传来一个声音:"最基本的部分已经丢掉了。"

"谢天谢地!"汤姆稍稍松了一口气。

四周又再次陷入了寂静,最后又传来一个好消息,第二梯级在穿过空气的时候也自己掉了下来了。

"第三梯级也抛掉了!"艾姆斯的声音越来越弱了。

"只要哈伦现在能重新设定飞行速度!"汤姆祈祷能够成功,同时也强烈地感觉到,往后延迟的几秒钟可能同时意味着安全降落还是一个大灾难。所有的眼睛都盯着雷达显示器。反射点不断地在眼前跳动。汤姆扫了一眼追踪器,看火箭返回时的弧线所绘制的图形。艾姆斯的飞行高度下降了32千米,几分钟后高度只有24千米了。

年轻的发明家小声地说:"我希望制动喷气机已经切进来了。"

"艾姆斯好像在飘动!"雷达盘上的点开始摇动,他们看向了西部,琼斯大叫道,"火箭没有往这边着陆!"

汤姆知道现在艾姆斯的命运全都掌握在着陆重量分散器上了。要是火箭在一个山坡上着陆的话,汤姆的这个发明能够保证火箭头朝上。这个装置有四个同等距离的镁钢瓶,它们一致延伸到喷射器后面,作为支撑点。

忽然雷达中断了联系,汤姆大声说道:"我们在山里中断了和艾姆斯的联系,他肯定在某个地方坠落了。"

他把最后的雷达波束记在了一张纸上，巴德冲回来查看艾姆斯的情况，并且对汤姆说受伤的人情况不是很严重。

"哈伦已经坠落了，我们要去找他，巴德你现在能去预热'蓝天女王'吗？我还要去找几个其他人来帮忙。"汤姆问。

"好的。"

汤姆跑进通讯室联系上了X城警察的领导。在汤姆请求这个领导对火箭信息保密时，他表示愿意合作。他的人也会去寻找并照看艾姆斯，还会看守坠落的火箭飞船直到汤姆赶来。

当年轻的科学家准备离开时，一架飞机和一艘高速快艇到了这里。飞机里面是从肖普顿赶来的参观者，快艇里面是火箭委员会的成员。他们对刚刚发生的事情感到很震惊。

斯威夫特先生把他儿子叫到一边问他："你现在知道是什么发射了飞船吗？"

汤姆回答："艾姆斯肯定无意中启动了飞行条带，但是这样的概率很小。"

"会不会它自己发射了啊？我觉得那些安全装置还是很简单的。"这位老发明家提出疑问。

"它们很安全，防错装置也一样，但是并不能防止故意破坏。"汤姆平静地回答。

他走近他父亲悄悄地说："由于我们犯了一个错误，所以火箭并没有发射，我确定。他们这样对待我们，不顾我们的性命真是太可怕了。只有在检查了火箭之后，我才能弄清楚它到底是怎么发射的，或者是去问问艾姆斯，否则我们永远也不会知道的。但是罗特左格的人肯定已经污染了酒精燃料，或者因为操作系统都是电子控制的，他们远程操控，让点火系统发生了短路。"

第十四章 紧急命令

斯威夫特先生也表示了赞同:"肯定是这样的,真是太不幸了,但是我相信罗特左格是不会打败你的。"

"爸爸,谢谢你。现在我最好去做一些我能做的了。你会带着委员会的人员参观吧?我回来的时候会再去找你的。搜救时间不会太长,顺便说一下,我觉得我们对这件事最好保密,你说呢?"

"好的,我们会封锁这里的所有消息。我们让所有人都待在岛上,直到你回来。无论怎样,他们都会待到晚上的。"

汤姆赶到飞机场时,巴德已经准备好了一切。卡曼医生也在这里,他坚持要自己救治艾姆斯。

"蓝天女王"起飞了,并且以最快的速度开始飞行。不一会儿就在汤姆推算的火箭坠落地的上空巡航。汤姆通过无线电和州际警察取得联系并且建议他们在哪里搜索。这时候正好收到一个消息,一个森林护林员说离他小屋几千米的地方有个东西从上面冲下来撞到了地上。巴德和全体人员用双筒望远镜搜寻了树林里的每寸林地。巴德突然大叫了出来:"我好像看到火箭直直地竖立着了,在池塘下游的岸边。是的,那就是,我看到旁边'星剑'这几个油漆字了!"

真心地希望那个待在火箭里面的人还活着,没有受太严重的伤。汤姆降低飞机的高度贴近水面飞行,最后降落在湖前边的沙嘴处。所有人都急忙出来,争着往星剑站立的地方跑去,火箭看起来还是完好的。

汤姆迅速地拔掉舱窗上的法兰盘,爬到飞行员遮篷,卡曼医生跟在后面。艾姆斯躺在地板上,但是从他有规律的深呼吸中,可以看出他还活着。简单的检查之后,医生说他所受的任何伤都没有火箭给他带来的冲击严重。事实上，他有可能醒不过来了。

"当艾姆斯醒过来的时候，我怀疑他会忘记这次旅行。"医生继续说。

巴德说："你的意思是虽然艾姆斯听从了汤姆的指示，但是他自己却并不知道自己在做什么？"

"是的，就是这个意思。"

工作人员把这个安保警官抬进"蓝天女王"并放在床上。汤姆听见一位机组人员说："真是一个奇迹！"汤姆也觉得这真是一个奇迹。

年轻的发明家直接把这个6米多长的样品梯级转移进了飞机库。在飞行实验室盘旋的时候，从上面扔下来了一条缆绳绑住了星剑，直接把他拉上去了。

"蓝天女王"飞行在返回的路上时，汤姆向岛内发送了代码信息，汇报了这边的最新消息。几分钟后，巴德问他的朋友为什么飞机的路线不是直接回岛上的。

"我要飞回肖普顿。"汤姆神秘地笑笑说，"接下来汤姆·斯威夫特就要开始一段消失之旅了。"

第十五章　偷盗未遂

巴德盯着汤姆说："好吧，魔法小子，你为什么要消失？你要去哪里？"

汤姆的回答是，他认为最好让罗特左格那伙人觉得他已经在天上，而且不会再返回了。

"我也觉得是这样，但是你还是要建造另一个火箭，完成你的太空之旅，不是吗？"巴德说。

"当然了。但是如果我们的敌人认为我已经消失了，他们说不定会放了我们。"

"以目前的情况来看，在各国火箭竞赛中我们不可能赢，我觉得我们肯定会输。"巴德说。

汤姆回答："如果我来帮忙的话，斯威夫特企业集团和费林岛就会不分昼夜地完成这个工程。"

"我完全赞成，这次计划中我的工作是什么？"巴德兴奋地问。

"从工厂把其他部件运过来。"

汤姆说有必要用一些谎言来误导罗特左格。"我已经在心里计划好了，但是我还需要海军配合实施。"他补充说道。

这个时候，"蓝天女王"已经飞回肖普顿了。几分钟后汤姆把飞机降落在了斯威夫特企业集团工厂的飞机场。一大堆人过来围住了他，并询问火箭飞行的最新消息。

"所以你们也听说了。"汤姆说。

一个叫沃灵的工程师说："几家报纸每隔半小时都会打电话过来想知道你有没有发回来最新的消息。所有打到岛上的电话都得到统一的回复'我们不会对外发布任何信息'。"

汤姆说："很好，如果他们下次再打过来电话就告诉他们这是另外一个测试。"

沃灵说："但是他们都以为你在火箭上。"

年轻的发明家回答："就让他们这样认为，不要对外发布任何消息。"

他召集全体工程师开了一次会议。在把整件事情告诉大家之后，汤姆要求大家对这一定要保密，又跟他们说了他要加快制造另一艘火箭的计划。

汤姆让工作人员把有效载荷火箭从"蓝天女王"里面拉出来，让沃灵和其他几位工程师检查一下他是否还能够使用。两个小时过后，这群人说星剑没有什么损伤，现在要做的就是把它翻新重修一下。

汤姆问沃灵："你认为什么时候才能把一切准备好并运回费林岛？"

"明天晚上。"

汤姆期待地笑了笑，给驻扎在附近的海军驻地打了个电话。他刚说完需要帮助的内容，巴德就大步走进了办公室。

他带着两盒从餐厅拿过来的饭盒说："午饭时间到了。"

吃饭时，汤姆说："如果我们速度足够快，我们就能在明天

第十五章 偷盗未遂

夜晚把火箭的四个梯级都运送回岛。"

巴德问:"这样不会有危险么?罗特左格那伙人很有可能发现你开着一架飞机回到了岛内。"

"我不会用飞机把所梯级一路运送回去。"汤姆解释。

他把自己的计划大致跟巴德说了一下。A国海军借给他们几个巨舰。这些两栖货运卡车就停在芬德内独立的场地,这个场地就在费林岛对面离海岸不远的小村庄上。

汤姆说:"我要同时用'蓝天女王'和巨舰迷惑罗特左格。"

巴德若有所思地说:"主意听起来不错,希望这个办法有用。"

一小时后飞行实验室载着所有人出发了。在他们返回费林岛时艾姆斯醒了,而且自己感觉挺好的。但是就像卡曼医生说的那样,他已经记不起飞船在起飞时发生的事情了。艾姆斯曾剧烈地敲打过地板,头和手臂都敲得麻木了。

他在回答汤姆的问题时说:"我没有启动记录带,火箭就像中了邪一样突然自动起飞了。"

汤姆跟他说自己怀疑罗特左格,艾姆斯没有表示什么。

"他确实想要杀了你,但是他没找对人!"

回到岛上之后,男孩们发现他们的客人和火箭委员会的成员还在。晚饭过后,委员们准备离开回内陆的时候,所有人都跟着他们走到了码头。每个人上船之后都跟汤姆和他爸爸挥挥手。

最后一位是来自迪兰大学的物理教授,他很瘦,没有带帽子,外套敞开着。他刚准备登船,水面的雷达警报系统就响了起来。汤姆立刻抓住了这个奇怪教授的手臂。

他语气低沉略带点外国口音说:"斯威夫特先生,这是什么意思？"

汤姆的爸爸也感到很吃惊，只能回答说："我想应该是电子眼扫到了你身上携带有金属物体，而你在刚来的时候并没有携带！"

这位教授想要挣脱，向前冲了过去，抗议自己被这样屈辱的行为对待。

"你们就这样对待火箭委员会的客人么？"他傲慢地说。

巴德也跳了过来，两个男孩紧紧抓住这个人。他们两个人把这个男人困住了。

他大叫道："我会把这件事情告诉报社的，我从来没有见过这样粗鲁的行为，你们为什么这样对待我，我要……"

汤姆说："请等一等教授，或许电子眼报告错误，如果您接受了检查我们会忘了这件事。也许是您无意中带了什么东西，但是您忘记了。"

这位物理学家意识到非得接受检查之后，他的脸因为生气而变得煞白，然而他还是说道："非常好，只要这是常规检查。"

男孩们放开了他，从赫布斯特博士身边后退了一步。这个男人立刻把自己的右手放在了衣服领子上面，拉出来一件发光的物体，把它扔进了水里。

这位教授语气不善地说："你是不会查出什么的？"

汤姆扫了一眼火箭委员会的其他成员，他们全都惊讶得说不出话了。

巴德·巴克利在东西掉进水里的时候，专心地看着水面，然后立刻脱掉了自己的外套，踢掉鞋子，跳入水中，在水下径直游

第十五章 偷盗未遂

向了那个物体消失的地方。

在码头上,这个教授还是坚称自己是无辜的,汤姆和他的爸爸再次抓住了他,这个教授还是和之前一样生气。

斯威夫特严肃地说:"你扔进水里的是什么东西?"

赫布斯特博士争辩道:"那是我自己的东西,我的私人财产。它还没有公开,我怕你们抄袭我的!"

这个男人脸上一直挂着沾沾自喜的表情,直到巴德右手抓着什么东西破水而出。

巴德游到码头,从梯子爬上来把东西递给汤姆。

巴德说:"这是你的高性能晶体管。"

斯威夫特先生大叫了起来:"什么!怎么可能,这是计算机最重要的部分!"

汤姆抓着晶体管转过身严肃地对赫布斯特博士说:"教授,现在你还有什么好说的?"

事情发展到现在这样意想不到的局面,赫布斯特博士看着船上自己的同事,崩溃了。当他从震惊中恢复过来时,他不再反抗,接受了询问。

他告诉斯威夫特先生,在他刚被任命为火箭委员会的委员时有个同乡找到他。一开始他并不知情,把他看到的、知道的火箭信息都告诉他了。之后这个同乡劝他,为了祖国的利益,他有责任从费林岛收集更多的机密信息,如果有可能的话最好是最核心的部分。

斯威夫特先生冷冰冰地说:"爱国主义不是你这样屈辱地从别的科学家那里偷东西,你的那个同乡科学家叫什么名字?谁负责这次可恶的行动?"

"为了我的安全着想，我不敢说。"这个男人紧张地说，"在国内我还有亲人，他们警告我如果说出去的话，我的亲人就可能遭到伤害。"

"我们只能把你送给调查局了，如果你坦白说出来的话对你比较有利。"

这个狼狈的男人失神地坐着，盯着船上的地板看了几分钟，然后抬起头说："负责这次行动的人叫罗特左格。"

汤姆问："你认识他多长时间了？"

赫布斯特博士回答："我其实不了解他，都是一个叫海因的人联系我的。他看起来像是他的随从。"

汤姆平静地说："我们知道他，他有没有对你说过他建设的火箭发射基地在哪里？"

这个教授惊奇地问："所以你也知道罗特左格集团吗？"

"是的。"

赫布斯特博士语带恳求地说："关于罗特左格的火箭，我知道得很少，也不知道他们在哪里，请你们相信我。"

汤姆和他爸爸彼此看了一眼，点点头。最后他们相信了这位教授的话是真的，等着调查局的人来带走他。

火箭委员会的成员太震惊了，不知道怎么评价他们这个间谍同伴。不久后，其他人也离开了，岛上的人们迎来了一个安静的夜晚。

然而一个小时后，这样的宁静被调查局带来的信息打破了，一家X城非常大的报纸刊登了独家新闻说，本报的记者得到消息说小汤姆·斯威夫特在早前的火箭发射中失踪了。

"太好了！"年轻的发明家说，"这是谁放出去的消息啊？"

哈伦·艾姆斯说他可以马上查查消息的来源。给报社的编辑打过电话后，这个安保人员得知，是一个X城记者从国际机场一位外国人那里挖到这条消息的。

艾姆斯说："如果我们想得到更多关于这条消息的来历，我们可以现在去X城国际机场找这个记者，他叫阿尔·兰德里。"

巴德大声说："我现在就过去！"

第十六章　运输航天飞机

巴德开着一架快速飞机带着哈伦·艾姆斯去了X城。到了国际机场,这个安保员认出来了那个记者,他没有戴帽子,在那里等着他们。兰德里是一个性格活泼的年轻人,他以前是足球运动员,现在主要在机场为公司报纸寻找最新的新闻。

他介绍了自己的同伴哈尔马·库斯并说道:"库斯先生是一位语言专家,也许会对我们有帮助,他能说十五种语言,和我谈论斯威夫特火箭的那个人说的话他也知道。这要是还不够的话,我们可以叫库斯的兄弟来,他会说另外十五种语言!"他开玩笑道。

库斯笑了,兰德里继续解释:"我注意到那个留着胡子的家伙每天夜晚十点会从一间安静的酒店来到这里。他经常见一个或者两个人,用我听不懂的语言交谈。但是从他们断断续续的交谈中,我弄清楚了整个事件,他们似乎在说另外一个外国人。既然你们对这些家伙那么感兴趣,我想库斯或许能听懂他们用自己的语言说了什么。"

巴德兴奋地打断他们:"现在都快十点了,我们去那家餐厅吧。"

他们三个人到达餐厅时制定了一个行动计划。库斯还待在外

面直到那个陌生人进来,指出他。巴德、艾姆斯还有兰德里坐在餐馆的包间里面,兰德里看着外面。

几分钟后一个留着胡须的男人出现在了门口,巴德以询问的眼神看了一眼那个记者,他轻轻点了点头。

兰德里悄悄地说:"就是那个人!"

那个男人走向另一个包间,几分钟后服务员送去了咖啡和糕点。不久另外一个又高又壮的男人也进入了餐厅。兰德里又点了点头,库斯紧跟着他,坐在了离他们个包间只有几米远的桌子边。跟之前一样,服务员为第二个来的陌生人端来了咖啡和糕点。库斯也点了同样的东西。

巴德提议等他们离开的时候艾姆斯去跟着他们,但是兰德里阻止了他。

"在你们遇到麻烦之前,最好在这里等着听听库斯怎么说。"

巴德觉得这个建议很有道理,准备在这里观察一会儿之后也离开。他点了三明治和牛奶。

这两个嫌疑犯在里面只待了一会儿就离开了,库斯立刻走向巴德的桌子旁。

"我听懂他们说什么了。"他小声地开始说,"第一个到这里的人非常开心,因为斯威夫特家并没有否认他透露给兰德里的消息,他感到非常确信,汤姆是真的在消失的火箭中。"

库斯继续说:"那个高个子的家伙告诉另外一个人说,罗特左格认为既然现在汤姆·斯威夫特不在了,他可以阻止任何一个A国人发射火箭了!"

巴德大叫道:"什么!"接着以最快的速度冲出了包间,打翻了他的空牛奶杯子。

艾姆斯跟在后面，巴德冲了出去，想多问那两个人一点信息，但是他们没有追上。巴德最后说那两个人坐着车快速离开了这条街。想到自己和艾姆斯不可能在大街上追上他们，巴德和他的朋友们返回了餐馆。

兰德里感到很遗憾没有让他们直接和嫌疑人说话，但是他保证会竭尽全力在第二天晚上找到他们，并且告诉巴德他知道的事情。

在离开这间餐厅之前，巴德问这间店的老板是否认识那两个外国人，老板摇摇头。老板告诉他们的消息对他们来说也没有什么用。那个老板告诉他们，那些人不会回来了，他们要离开X城。巴德很失望，在和艾姆斯回去费林岛的途中，他说："我希望汤姆明天晚上的运气比我们今天晚上的要好。"

回到岛上后，巴德说了事情的经过。汤姆并没有因为没有抓住那两个嫌疑人而感到沮丧，他说："无论如何，我现在还是消失的，我会待在这里直到我们从火箭竞赛中返回来。"

第二天夜里，汤姆和巴德飞回了肖普顿，在那里新火箭的四个梯级已经准备好装运了。汤姆和他的爸爸还有巴德乘着"蓝天女王"把火箭有效载荷部分拉回了芬德。之后巴德、阿维德还有其他机组工作人员把飞机和其他三个梯级一个个运回岛上。

把星剑装进飞行实验室的飞机库后，这个大型飞机便向芬德海岸的一个小村庄飞去。二十分钟后，飞机在距小村庄几千米的上空徘徊。在那里，几辆超大的两栖巴克飞机停在僻静的道路上。这些重达六十吨的两栖巴克飞机，宽度足以横跨马路的两边，它

第十六章 运输航天飞机

们的轮子有3米高。

巴德降低"蓝天女王"的高度,距这些带有巨型轮子的两栖飞机大概1.5米的高度。"蓝天女王"把火箭部分一下子就放进了巴克飞机里。

汤姆和斯威夫特先生摘下帽子,爬进了一辆巴克飞机驾驶室,挨着驾驶员坐下,接着,这个巨型海上卡车便往海湾驶去。

这辆巴克飞机顺着那条路到了海滩。让斯威夫特吃惊的是,他看到几名海军和海军长官,分组站在海边。在飞机进入海湾时,有些人爬上飞机。飞机轻松地载着他们,加速驶离陆地。

这些人自我介绍了一下,其中的一位长官对斯威夫特先生说:"你的儿子想了一个非常好的办法把东西运离这里。"

斯威夫特先生回答:"是的!"

走了800米之后,前方停着一艘灯火明亮的海军补给舰。一排货物运输车辆打着大灯,在波浪上泛起闪闪的光辉。

"汤姆那里发生了什么?"那些海军下到巴克,爬上了那个超大的轮船时,斯威夫特先生小声说。

"这是个幌子。"汤姆回答,"我们不会往上面运任何东西,这是一个很老的海军把戏。自从昨天夜里十一点到现在,所有空巴克飞机都开到这里的轮船上了。"

轮船上所有的灯忽然间都灭了。巴克飞机从黑夜中退了出去,往费林岛那边去了。岛的海边已经铺好了金属轨道,防止这些运送车陷进去。当巴克飞机到达陆地的时候,那些巨型轮胎驶进了轨道,笨重的飞机也慢慢往岸上移。

星剑的主体部分已经安全了!

"该是下一个部分了!"不一会儿汤姆大声叫道,"巴德真的把岛上的每个人都叫过来了？"

当他们开始向沙滩走来迎接飞机时，一声尖叫吓着了汤姆和他的爸爸，接着传来一声呼叫。

"救命！救命！"

第十七章　重要的俘虏

呼叫声再次响起的时候,汤姆说:"这个声音听起来像乔的!"

他和他的爸爸爬上停在不远处的吉普车,加速驶过男孩们的小屋,往沙丘方向去。

斯威夫特先生和汤姆跳了下来跑向水边。在车明亮的前灯照射下,他们模糊地看到有两个人在乔的小鱼塘边打斗。有一个是男人,另一个看不清长相。第一个人已经进入了水里,接着是另外一个。

汤姆突然大叫起来:"那个是乔,但是另外一个是什么啊?"

他们俩站在旁边,准备必要的时候上前去帮忙。几秒钟后,厨师赢了,并把对手拖回了海滩。

汤姆问:"你这个家伙怎么来到这儿的?"

乔抓的那个人外表非常奇怪,从头到脚穿着紧身衣,戴着的头盔面罩用两个一寸多长的管子连接着身后背着的金属圆桶。

乔摇摇头说:"我真的不知道我抓住的是什么?"

第十七章 重要的俘虏

汤姆给他解释:"这是个蛙人,他的服装是最先进的设计。如果我们在四周的水边寻找,我相信我们会找到把他送到这儿的螺旋桨式的水下潜艇。"

乔激动地问:"汤姆,你不会想说这个人带着一个炸弹来的吧?我记得曾经看过这样的装备是用来炸飞船的。"

汤姆回答:"也许他就带着的,即使我不相信,在我们搜查时,我也会问清楚的,我们会找到很多有趣的东西。"

这时入侵者已经摘下了自己的头盔,汤姆对这身材结实的黑头发蛙人说:"你叫什么?你在这里做什么?"

"我叫威尔·华德,我在这里干什么你自己可以看到啊。我从很远的内陆来,我都不知道离这里有多远。我非常累,所以我决定游到岸上来休息一下,这没什么其他问题吧,你说呢?现在你们如果问完了,我要离开了。"

斯威夫特先生突然开口说:"恐怕你现在还不能离开,我们还要再检查一下,你还得回答我们几个问题,这里是禁区,你自己擅自闯进来了。你最好跟我们走一趟。"

威尔·华德抗拒地在原地站了几秒钟,最后意识到在这样的情况下也不可能逃走了,便跟着抓住他的人走向安保办公室。他们去见了哈伦·艾姆斯。艾姆斯陪着这个男人,看着他换上其他衣服。汤姆的爸爸悄悄地问他的儿子:"你怎么看这个人,汤姆?"

"我觉得这个男人就是马文·海因!他正好符合汉克顿的亚萨·派克向我们描述的样子。我认为他到这里是为了破坏我们的火箭，他选的这个方法能够躲避雷达和声呐的侦查。我们真是太幸运了，他恰好游进了乔的鱼坝里面。"汤姆说。

"你是说我真的抓到了一个大家伙？"乔高兴地说，"汤姆，你应该要感谢那些你送给我的电鳗。我正要把它们送进水里，在手电筒的照射下，我看到那个人游进了我的鱼坝。我确信他在那肯定没有做什么好事。"

他们都笑了，然后斯威夫特先生变得严肃起来，说："我觉得这个入侵者肯定是非法进入我们国家的，我们最好通知警方密切注意他。"

几分钟后艾姆斯返回来了，拿着一个金属盒子，上面还缠着四小卷薄薄的绝缘线。

"你们看我找到了什么。"他说着把这个盒子递给了汤姆。

两个发明家检查了一下，汤姆激动地说："就像我说的那样，这是一个内置定时装置的继电器电路，在燃烧之后能够提前点燃星剑。这也可能是为什么艾姆斯在火箭上时它能自动起飞的原因。一旦进入这个地方，他就很容易藏这个东西了。"

"这个盒子里面有一个微型畸变器，所以我们的雷达没法检测到这个设备。在这个蛙人安全登陆之后，他会再把它取下来。"斯威夫特先生有些后怕地把手搭在了汤姆的肩上继续说，"汤姆，我相信你和巴德再次躲过了一劫。这个陌生人想要把这个东西放在你的新火箭飞船里面。"

汤姆转向乔说："我必须要感谢你抓住这个人，又阻止了敌人的阴谋。"

这位厨师笑笑，然后又变得生气起来："让我去揍一顿那个卑鄙的蛙人！"说着向门口走去。

第十七章 重要的俘虏

"那没有必要。"汤姆抓住了他的胳膊,"有关部门会惩罚他的。"

汤姆在他爸爸、艾姆斯,还有乔的陪伴下进入了扣留那个入侵者的房间。在他们告诉那个入侵者自己知道的信息之后,他最终承认了自己是马文·海因。他曾经也来过费林岛,把那个继电器电路安装在汤姆的第一艘火箭飞船上。

海因继续说:"我只承认这些。我保证是不会背叛我的领导的!"

汤姆问:"你是说不会背叛你的国家还是你的领导?"

"我说的是我的上司——罗特左格,他是世界上最伟大的科学家,他会建成第一个太空平台掌管世界,没有人可以阻止他!"海因回答。

还沉浸在抓住入侵者的喜悦中的乔说:"除了小汤姆·斯威夫特。汤姆才会是第一个进入太空的人,也会赢得这次世界火箭竞赛。没有人能够阻止他!"

海因安静下来,被送回内陆监视起来了。

汤姆对他爸爸说:"但是罗特左格和他的火箭藏在哪里还始终是个谜。"

斯威夫特先生说:"别灰心,我想现在所有的突发状况都在你的掌握之中了,他们没有伤害到你们中的任何一个人,你已经抓住五个他们的人了!"

汤姆笑着说:"下一个就会是罗特左格!"

年轻的发明家去找巴德,他刚随着火箭最后一个梯级回来。在巴德爬下来的时候,汤姆从后面拍了他一下。

"小子,干得不错啊。"

他这个身材结实的朋友笑了:"你想的办法太巧妙了,航天小子,但是我确实感觉像待在破船里一样。"

男孩们回到住处后,汤姆告诉巴德他抓住了海因。

巴德说:"所以罗特左格以后再也不会派人来这里完成任务了,现在他都把自己的高级人员派来了,是吗?"

汤姆严肃地说:"他可能就想骚扰这个地方,我已经命令一组巡逻队日夜巡视海滩加强警戒了。"

第二天早上八点,男孩们径直去了发射基地,工程师们早已经开始组装新的火箭了。汤姆看到工作进展很满意,就去找爸爸了。

"爸爸,我们现在要安上你的灰尘搜集器么?"

这个设备能够采集宇宙中的矿物质。斯威夫特先生的这些东西对于科学家们来说具有非常大的价值。这位老发明家摇摇头。

"灰尘搜集器不会自动开启,我正在尽量往里面装入新型快门装置。设备完成之后,能够装在星剑了我会联系你的。"

"好的,爸爸。"

汤姆回到自己的实验室,把装有记录仪的阴极射线用另外一个换了下来,这个新的更加敏感一些。巴德和乔走进来,巴德对汤姆眨眨眼说:"在十个G的时候你和我的重量就会增加一吨。"

这位厨师疑惑地看着两个男孩说:"汤姆,你跟我说说你们说的这些'G',什么是什么东西?它们真的让我很费解。听起来很陌生,像是流氓的谈话或者调查局的语言。"迷惑不解的厨师皱皱额头。

汤姆笑了说:"很遗憾地告诉你,你的两个猜测都是错误的,

第十七章 重要的俘虏

'G'这个术语是一个测量单位。"

乔叹息着说:"对于那些东西我是不懂什么。"

"这个'G'就是测量地球表面最基本的吸引力,以质量的单位体现出来的。"汤姆对着乔笑笑继续说,"以你为例,乔你的质量超过了我和巴德,所以相对于我和巴德,地球会更爱你,把你抱得更紧一些。"

乔哼了一声说:"尽量把我抱紧点吧,想抱多紧就多紧,越紧越好。我明白你的意思了。既然我超过了外太空能把控的范围,那我这个老厨师跟着你们也就没什么用了。"

厨师离开实验室之后,巴德问:"我们下一步要做什么?"

"检测我们的太空零件,加强岛内的警戒。"

巴德惊奇地抬起头。"岛上现在就是一个电子军工厂,连一个秃鹰也没法飞进来觅食!"

"但是罗特左格就不是这样的鸟,现在我要安排第二组无人飞机在空中巡视。"汤姆说。

"听起来这个行动不错,我完全赞同。"巴德兴奋地说,"快走吧!"

第十八章 即时干扰

三架无人飞机进了"蓝天女王"飞机库,大门关闭了。巴德在指挥台边依照汤姆的指示把飞机的高度上升至3千米。

巴德通过耳机对他还在等候的朋友说:"开始!"

汤姆按了一个按钮打开了大门,通过遥控装置启动了第一架无人飞机。它冲进了大气层中。在这些标准机器人完美地开启盘旋模式时,年轻的发明家笑了。

无人机在回程时从"蓝天女王"的底部扫过,汤姆启动了第二架,几秒钟后又启动了第三架,它们彼此间的距离间隔的非常完美。

"搞定。"门关上的时候汤姆说,"我们现在回去把另外三架也弄过来。"

"收到!"

在把第二组无人机带到距禁区上空3千米高的地方后,汤姆来到巴德所在的驾驶舱。

巴德说:"往地面操作变得越来越危险了,我现在讨厌把这些机器人送出去,也不想在我面前启动他们!"

在他的朋友熟练地打开"蓝天女王"时,他说:"罗特左格非常聪明。我希望在我们发射火箭之前他没有想到办法突破我们的防

第十八章 即时干扰

御。当我们在640千米的高空上,我会感到相对安全一些。"

巴德问:"你觉得那些家伙的真正目的是什么?你相信他的那些同伙说的话吗?"

汤姆回答:"我确信罗特左格并不是想征服而是想主管整个太空。我觉得他拥有一个完整的宇宙空间站,他准备分批发送到太空,然后再乘坐飞船上去安装它们。"

"但是他没法做到,除非他找到合适的燃料。如果约翰逊没有潜进你的实验室得到足够的喷射器的信息交给罗特左格,或许现在他根本就没有准备好。"巴德说。

"我们很快就会知道答案的。我们发射星剑之后,他很快也会发射的。我们最好对这保密,因为对我们的离开也有人持反对意见。"汤姆回答。

"我的嘴巴很紧的,我想在太空中玩一个很老的贴标签的游戏,顺便说一下。"巴德笑着说完,又接着说,"我们越早发射火箭,他就越不可能在竞赛中成为我们合法的竞争者。有没有消息报道我们的竞争对手也会很快发射火箭的?

"等着陆了我会去核查的。

调查这些信息花了将近一个小时。得到消息之后,汤姆大吃一惊,后天上午九点钟,在这场国际竞赛中,有一艘火箭在E国中心发射。

巴德的说:"那个时间点是我这儿的明天下午六点钟!"

"是的,巴德,我们就在明天下午离开吧!"

艾姆斯就站在离他们不远的地方,吃惊地盯着他们:"那个时候你们能做好准备么?"

汤姆用自己的行动回答了艾姆斯,他把这个决定通过无线电广播系统传播出去,要求大家立刻汇报星剑的情况。工作人员一一做了汇报。

"电力系统已经准备好了。"

"喷射器情况良好。"

"燃料也可以随时输送进去。"

所以现在只有细节问题等待确认了。剩下的时间里,整个费林岛上都是忙碌的,每个人都对汤姆·斯威夫特的火箭能够赢得比赛非常有信心。

年轻的发明家给他妈妈打电话让她和桑迪来观看火箭发射。接着又给牛顿家里打了电话,还跟火箭委员会的最高领导人取得了联系,每个人都保证明天早上赶到岛上。

所有的细节问题都解决后,汤姆和巴德正在试穿太空服。他们会带着这套太空服,以防有什么紧急情况出现。太空服是由非结实的金属编织线编织而成的,非常有力量。这两套太空服边上都有一个由新橡胶合成物做成的、不可穿透的隔层,这些东西连在一起就可以移动了,当然都是绝对密封的。

男孩们被这些有效的但是非常蠢笨的衣服包着,能够在太空中暴露一段时间,大概几个小时。任何一个掉落在地球上的上万年的陨石都有可能撞上星剑,给它造成损害。

汤姆对巴德说:"让我们祈祷不会用得上这套衣服吧,我想在星剑里面赢得这次竞赛。"

"是的,随后见。"巴德把太空服送进专门的储物柜放着。

汤姆接下来要做就是为星剑安装另一个非常重要、安全的设备——一个备用的发射器。目前的这个一旦有一些微量不纯氧气

进入就会被破坏。为了制作一个替换品,汤姆决定要用一个改良过的离合器来代替它,这个东西能够让他在几分钟之内插入新的喷射器。这样的话,就需要在旁边放一个喷射器连接着主要的燃料线。这个装置需要消耗大量的珍贵的燃料,持续时间也不会太长。

年轻的发明家自言自语:"瞬时定时装置必须要检验了。"

几个小时后他对自己的工作还算满意。在几个工程师的陪同下,他去了火箭的有效负荷部分,在那里安装了新的离合器,也固定好了紧急喷射器。

所有的工作完成以后早就天黑了。所有的人都下到地面之后,汤姆看到乔正等着他。好心的乔来看看男孩们,提醒他们不要忘记吃饭。

这位厨师准备了一种被巴德叫作劳拉拍的食物,汤姆说在他们返回到地球之前,是不可能再吃到这样的东西了!

男孩们返回发射区的时候,载着燃料的卡车早就已经从燃料存储室开到了这里。汤姆和巴德全程看着。不久汤姆抬头扫了一眼,看到了鼻锥上的灯和空中盘旋的无人机。他听到另一种声音从他们上边传来,正听着,另一辆卡车向发射区驶来。汤姆走到汉克·斯特林身边和他一块站在火箭底部。

"我觉得……"汤姆开始说话,但是他没法说完这句话了。

一道明亮的光突然出现在黑色的空中,快接近防御圈的上部。然后又有一道光冲了出来,接近第一道光的高度。

第二道光出现了之后,一阵爆炸声震动了整个岛。警报器响起来了,探照灯也亮起来了。

即使这样强烈的光也没有把上空照得通亮,但是高度较低的那架无人机爆炸了，它直接被炸成了碎片散落在飞机场上，一片片碎片像阵雨一样落在火箭区。

许多地方立刻着起火来！

"拿出所有的消防设备！"汤姆通过追踪平台上的扩音器大声喊道，"关掉探照灯！"

夜晚在功率室值班的人员冲进操纵台关掉了总开关。整个岛都陷入了黑暗，十几处地方和周围的建筑物都在明亮的火光下燃烧着

最大一股火焰正顺着停放卡车的路上烧了过来。汤姆注意到地面的大火燃烧得很奇怪，随后立即明白了这场大火的真正目的。

"巴德！"汤姆大叫了一声，"燃烧的东西是凝固汽油！有人在这里投放了凝固汽油弹！"

一辆消防车停在离火箭不远的车站。里面的人员开始行动，向燃烧着的大火射入化学药品，这些大火让星剑陷入了危险。

汤姆从消防车内抓起两个手提式灭火器，递给了汉克·斯特林和巴德。

"跟着我！"他喊了一声，再从车里面拿出来一个，开始向停放卡车的路上跑去。其他人跑着跟在他后面。

汤姆大声说："我们必须保证那几辆油罐车完好无损。如果那几辆车有一辆爆炸，我们就全都完了！"

明亮的火焰正闪烁着，接近了油罐车。他们三个看到一个抽水引擎正在那个被油罐车引燃的地方不停地工作着。原本逃到安全地方的卡车司机也返回加入了灭火行动。

汤姆、巴德还有汉克跑向三辆大型卡车。它们停放的地方由

第十八章 即时干扰

于火焰蔓延温度极高，很有可能爆炸。

汤姆对汉克大声说道："你负责第一辆！我和巴德负责其他的！"

在几百米外的地方，两边停放的车辆都被火焰威胁着。巴德跳进驾驶室，在汤姆的指引下，把车向前开了几百米远，解除了爆炸的危险。

当汤姆跳下来，向最后一辆卡车跑去时有辆车爆炸了，爆炸的车辆就停放在储油罐的左边。只有几秒的时间去救储油罐车，因为有一颗凝固汽油弹从上面落下来，火光像是要吞没整个驾驶室。

守在储油罐旁的守卫一直坚守自己的岗位，一个沉重的喷雾器扫过整个区域，防火化学物浸透了这个燃料储存车。一旦卡车爆炸了，金属飞溅物就会像弹片一样穿透油罐，把那些高度易燃物释放出来。

汤姆跑到卡车旁边，决定采取一项大胆的行动。他要返回到燃烧的卡车那边，进入存放灭火器的地方。他用手护着眼睛，跳进了驾驶室，嘴里祈祷着，按下了启动按钮，然后开始倒车，卡车呼啸着往后倒了十多米，停在了灭火器的接管处，那里正在喷射着泡沫化学物质。

不一会儿，眼看着要蔓延整个岛的火焰都被控制住了。火箭完好无损，飞行所用的特殊燃料也保住了。

卡曼医生忙了一个多小时，照料那些轻度烧伤和眼睛灼痛的人。最后，所有今晚不值班的人都回到了住处。

这时汤姆、巴德和汉克冲回火箭飞船里面，检查它的感应设备是否有损坏。全面检查之后，他们确定一切都很正常。这次敌人的袭击又失败了！

第十八章 即时干扰

检查完之后,汤姆的爸爸说:"你在岛上空设置防御无人机真是太幸运了!"

"我们损失了几架?"汤姆问指挥塔里面的操作人员。

操作人员说:"三架高级飞机和一架常规飞机。但是我简直不敢想象,如果工作人员没有阻止大部分炸弹爆炸而是让它们直接坠落下来,会发生什么?"

不一会儿,危险警报解除信号响起来,卡车又恢复了工作在。凌晨四点之前,燃料注入工作顺利完成了,没有被打断过,疲惫的男孩们上床准备休息几个小时。

他们四肢伸开趴在床上的时候,巴德对他的朋友说:"汤姆,发生了这么多的事情之后,外太空的平和安静是最好的慰藉了。罗特左格已经想尽一切办法来对付我们,只差细菌战了,你觉得我们是不是应该从明天开始把我们喝的水都烧开?"

"我一定会把它倒在他身上的,他很可能会用这样的方法。"汤姆冷静地笑笑,接着又坚决地说,"我是不会给敌人太多的时间再次打击我们的。"

巴德打了一个大大的哈欠说:"听到你这么说我真高兴。"一分钟后两个男孩就睡着了。

快到黎明的时候,费林岛上的非线性波动系统信号灯突然在通讯室黑色的仪表盘上闪了一下。当没人应答时,报警器响了起来。隔壁房间的乔治·贝林从床上跳起来,打开了仪器。

打电话过来的是拉德诺,安保助手,他早就已经出院了,现在和调查局以及其他机构的一些专家一起寻找罗特左格和他的火箭基地。

"找到了!找到了!"他兴奋的声音模模糊糊地传来,"在阿留申群岛上空的搜索飞机上,我们找到了关于罗特左格隐藏地方的最新消息!"

贝林催促道:"继续说!"

拉德诺的声音听起来并不是很清楚,忽隐忽现,一会儿清楚一会儿模糊。贝林竖起耳朵拼凑起所有的信息。

特殊调查人员继续说:"我们现在正在去核实几分钟前一个渔夫带来的消息,那个渔夫告诉我们五天前他看到一艘巨型火箭在一个独岛上。他坐船花了好长时间把这个消息告诉我们,在距公海1600千米的地方。

贝林问:"那里的定位是什么?"

"那个渔夫现在和我们一块在飞机上。"拉德诺回答,"我们需要一个半小时到达那里。我会再打电话给你的。但是转达给汤姆,他不能再推迟了。如果罗特左格现在远离我们,那他对我们的威胁就更大。他甚至可能用雷达搜索到我们的飞机并干扰它。我们的机长说我们肯定会惊动他,因为如果他不属于任何一个岛,他就会离开得很快,所以告诉汤姆一定要快!完毕!"

贝林想跟他说一下汤姆的起飞计划,但是又打住了。他关了仪器,拨通了汤姆的电话。汤姆早就醒了,接通了电话。"发生了什么事?"得知这个消息后,汤姆他说,"我必须要立刻起飞了!"

巴德早就站在他旁边了,他大叫了一声:"我们最好把所有人都叫起来!"汤姆点了点头。

他一边下命令一边飞快地穿衣服。一个小时之内,基地所有人都行动起来了。卡车载着最后的紧急物资卸在了人行道上,水和供给物也正在往飞船上运。

第十八章 即时干扰

斯威夫特先生快速走到发射平台,站在汤姆旁边忧虑地说:"你的妈妈和桑迪不可能立刻赶到这里。"

汤姆说:"我也确实不想和她们不告而别,火箭委员会的成员承诺会在九点赶过来,无论如何我们不能在那之前起飞。"

他抬头看着天上忽然出现的两架飞机笑着说:"她们都提前到了。"

两架飞机着陆之后,他们听到发射时间提前了的消息都感到很吃惊。斯威夫特夫人看起来非常平静,但是汤姆知道她在忍着不流泪。他抱住了妈妈。

"不要担心,毛姆西。"他叫着他小时候喜欢叫的名字,"我会在你习惯我的离开之前回来的。"

"儿子,你要小心,祝你好运。"她努力地回答,接着她勉强地笑笑说,"我们会在U城等你的。"

乔也早就站在一边了,皱了皱眉说:"好吧,别忘了地理知识。我觉得你们准备围着地球走一圈,汤姆千万不要着陆在航空里程以外,或者离这里太远。"

汤姆说:"我会绕着地球飞一圈的,但是别忘了我们在飞行的时候地球也会以每小时1600千米的速度转着。"

这个厨师问:"你的意思是过不了多久U城就会转到这里?"

"是这样的。"

乔看看表笑着说:"当我们站着说话的时候其实我们就已经

移动了几千米了？"

"是这样的，乔。"

汤姆向自己的家人和牛顿家族的三位成员宣布他已经给火箭取好名字了，并且让他妈妈来启动火箭。

他对妈妈说："在火箭发射时，距离星剑太近并不安全，所以我安排了其他的地方，在追踪平台上有个特定按钮，你按那个就行。把操作移动遥控装置打开是星剑的名字和标志。"

每个人对这个连夜安装，并且隐藏在磁盘下面的按钮都感到很好奇。

汤姆继续说道："我曾经看到过，最初在飞船最前端放置的瓶子，在发射的时候装的是七大洋的海水，我设置的这个标志代表着昴宿星团里面的七大行星，我希望有天能飞到那去。"

即使他的听众都很好奇，汤姆也没有再讲下去了，他们也抑制住了没有提问题。

他妈妈说："我很高兴为你的火箭施礼，你希望我做些什么呢？"

汤姆把他妈妈领到发射平台，给她看了那个在听到"发射"后她要按下的特殊按钮，他接着说："我相信会在十点钟准时发射。"

汤姆听到有人叫自己的名字，走过去跟其他三个火箭委员会的成员说话。他要去鼻锥部分封闭各种记录设备。没有官方证明，汤姆的飞行是不被国际裁判认可的。首席代表是一位个子很高、很严肃的男人。意识到时间很短，他走进升降梯往鼻锥部分上升。霍普金斯先生飞快地检查了一下贯穿记录设备的微型线管，然后用一个钳子和一个软金属把所有线管的尾端锁住。现在在没有检测的情况下是不可能打开那些设备了。

第十八章 即时干扰

回到地面，霍普金斯先生对汤姆说："设备已经准备好了。我代表火箭委员会祝你飞行成功！"

他走了之后，汤姆看着巴德。

"准备好了吗？"

"准备好了。"

两个男孩挥手和所有人告别，并且接受所有人的鼓励和祝福。汉克·斯特林说："拿下那个奖！"汉森悄悄地说："小心罗特左格，他没有参加竞赛，但是他还是会想办法伤害你的！"

乔接着说："替我向那些火星人问好，顺便看看他们在那里都吃些什么？"

"汤姆，在你回来之前我会用我的生命来保护这个岛。"艾姆斯保证道。

汤姆和巴德亲了一下牛顿夫人、菲利斯、桑迪，并且和斯威夫特先生告了别，他们都希望这次旅行能够顺利。汤姆的妈妈往追踪平台走去的时候，汤姆能看到她的身体在发抖。

汤姆最后和爸爸告了别。他们长时间彼此紧紧握着双手，传递着无声的信息。最后斯威夫特先生说："你把我的工作继承得这么好，我感到很骄傲。"

汤姆和巴德进入火箭，上了传送带，来到了飞行员遮蓬。传送带移动的时候，从控制舱到每个部分中心的门一个接一个地关闭了。

汤姆通过无线电对雷达追踪平台传达指示："三百六十度转一圈扫射，如果一切都正常，距离发射还有不到一分钟的时间。注意高平台，一旦有任何危险它都会往上升800千米。"

"收到！"琼斯回答道。

这套闪闪发光的雷达屏幕开始静静地移动,方式很奇怪。十五秒之后它们从各个方向开始扫描天空。

"空中一切正常!"传来一声报告。

汤姆问:"发射区域也检查了吗?"

"都检查完毕!"

汤姆说:"那我们就出发吧!"

他打开了飞行胶带,然后男孩们迅速地在倾斜的起飞架上坐平整,系紧了安全带。

条形带启动了计时器和舱内的扩音器,一个声音在发射平台上响起来:"发射倒计时——十!"

汤姆紧张地问巴德:"确定你的安全带系了没有?"

穿过驾驶舱,他的朋友拉了一下安全带,对他点点头。

巴德说:"现在时间不多了,祝你好运,我的朋友!"

"时间还有六——五——四——三——"

男孩们屏住了呼吸,汤姆盯着飞行带。

"一!"

声音一落下,斯威夫特女士右手食指按下了一个小按钮。火箭上的名字和标志立刻露了出来。在这两行字之间有一把显眼的红色剑刺穿了七个点的白色星星。右边是"A国"的首字母,被红色、白色、蓝色的光照亮着的。

观看的人看到这些也就是一瞬间的事。然后巨大的波浪状气体开始翻滚,星剑开始往上升。

几秒钟之后,汤姆·斯威夫特的火箭飞船开始了飞往太空的旅程!

第十九章　幽灵风

火箭飞船像爆炸一般飞离地面带动整个身体剧烈颤动。火箭发射所产生的巨大的加速度让汤姆和巴德感觉自己的身体剧烈地撞向了行李架。

巴德把行李架推向舷窗向下扫了一眼，后退到地面小声说："多么强大的力量！"

穿过大西洋，云层在2千米的高空像薄雾一样起伏。眼前的视野早已经开阔，地球的形状变得高低起伏。

"核对时间！"贝林的声音通过无线电穿过来。

"十六秒，我们已经到达电离层！"

突然火箭剧烈地震动了一下。这突然的震动让男孩们从自己的座位上歪倒了。

巴德大叫了一声："我们肯定撞到什么东西了！"

火箭急速扭转了一下，汤姆大声喊道："无论是什么，一定要坚持住！"

火箭在飞行速度达到每小时7200千米的时候遇到了更猛烈的倾斜，男孩们试图抓住加速度椅子的一边保持平衡。

巴德喘息着说："汤姆，发生了什么事啊？"

火箭又迎来新一轮的震动时，汤姆和巴德紧紧地抓住了他们的行李架。

汤姆在这样猛烈地撞击中艰难地说："我们，我们肯定被喷气流困住了！"

"你的意思是说，这就是别人说的'幽灵风'？"巴德呼吸急促地问道。

汤姆点点头："我只希望我们能够尽快飞出去，也没有人说过这样的气流会持续多长时间。"

汤姆知道在电离层中，这样的风暴速度通常能达到每小时1600千米。和发生在地球附近的气流不同的是，这些空中潮汐都是在特定的时间特定的方向发生的。

汤姆也确实期待着这样的逆转发生。这样的气流能让火箭在剧烈的大气中自由穿梭，继续按照原来预定的航线飞行。在他还没有把自己的期望说出口之前，星剑就停止了不规律的震动，然后在巨大加速度的带动下开始往上冲。

巴德大叫道："它们飞走了，又能接收到岛内的追踪信号了。"

汤姆大致跟琼斯说了一下发生什么事之后，对巴德说："幽灵风这么快就改变了方向，我们太幸运了，但是在我们开始搭载乘客之前，我们一定要找到躲避它们的方法。或许我们必须在这里建立一个气象观测站了。"

巴德观察之后说："仿真火箭在这里就没有遇到这样的干扰。"

汤姆回答："这些风暴混乱地从低电离层穿过来，仿真火箭运气好没有碰撞到。"

"你觉得你能找出办法来保护火箭飞船，不撞上它们么？"

巴德问。

汤姆回答:"我相信在飞船外部不同的地方安装操控飞机能够解决这个问题,幽灵风一撞上火箭飞船它们就可以自动运行了。"

"真希望现在我们就有两三架飞机在这里,不管怎样,从现在起我们不用担心这些风了。从这里向上,空气会更稀薄,它们碰撞火箭时没有太大的震动了。"巴德说。

汤姆忽然想起了飞行带,火箭刚刚在电离层倾斜的时候它肯定被抛了出去。扫了一眼这个装置,果然像汤姆所想的那样,他迅速做了一些调试,把飞行带放在了原来的位置。

刚调试好红灯就亮了起来,蜂鸣器发出了警告声,第一梯级准备分离出去了。汤姆自言自语道:"正好赶上了。"

贝林的声音传来:"核对时间!"

汤姆回答:"八十五秒,第一梯级准备好停止了!"

翼片上枪状计时器清楚的开始显示:三——二——一!

星剑震动时信号灯立刻熄灭了,接合点发生了爆炸,震动了火箭飞船。

汤姆大叫了一声:"它分离了,就像刀切断了一样!"

巴德吹了声口哨说:"感觉到压力释放了,补偿器真的抵消了重力。"

重达六十吨的电动机座往下坠落,转向了自己的分离飞行线,慢慢地往地球回落。在它落进海洋之前,雷达装置能够检测到飞机和飞船的位置。

汤姆说:"一切都在计划之中,我们已经在110千米的高空了。"

巴德说："接下来的每一秒速度都会加快，是时候展开了。"

既然增压器已经分离了，他们也很顺利地离开了大气层，正在以均匀的加速度飞行。男孩们知道现在坐起来安全了。巴德首先解开了起飞安全架上的绷带，坐了起来。铰链式的沙发自动折叠起来，巴德爬进了他的飞行座位。

汤姆也跟着坐了起来，但是继续盯着各种测量仪器和示波器还有飞行胶带。

"下个梯级将在六十三秒的时候往下降落。"汤姆在巴德旁边坐下，过了片刻后说，"注意听追踪台的无线电信号！琼斯会为我们安排好的。"

巴德接着说："非常乐意听到信号声，我感觉离家没那么远。说到家，要不要看一下？"汤姆同意了，巴德弯下身子开始移动右舷观察窗边的遮板。

火箭离地球越来越远，汤姆表示这里的温度和氧气的变化状态良好。他最后说道："第二梯级的喷射器像我们预计的一样，运行状态良好。"

巴德说："你的确为你的发明取了一个好名字，有了那个喷射器，我们得到了一百万吨牵引力！"

汤姆笑着扫了一眼舷窗外：地球迅速呈现了自己本来的球形形状；陆地和海洋变成了棕灰色；天空不再是蓝色的了，变成了黑色。

汤姆通过无线电说："我们已经在123千米的高空了，速度是每小时8360千米。"

费林岛再也没有传来消息，男孩们怀疑信息是否已经传到了

第十九章 幽灵风

追踪平台的设备上。

几分钟后,蜂鸣器的信号灯打断了男孩们的讨论,提醒着他们该分离下一梯级了。几秒钟过去了,第二梯级顺利投弃了,第三梯级顺利切了进来。

第三梯级会在五十九秒的时候发射,高度在447千米的时候分离出去。从这里开始火箭的速度和高度会慢慢减小到符合竞赛规定,速度是每小时1730千米。

这个高度火箭可以自由飞行,竞赛也就开始了。火箭飞船会准确地在两个小时内绕着地球飞行。

两个男孩看看彼此笑了,巴德说:"这次旅行没什么遗憾了。要不我们不管这个比赛了,直接飞向火星吧?"

汤姆说:"提到火星,我还是最好打开示波器,我们的太空朋友没准想联系我们。"

"如果看懂他们的数学符号需要像往常一样长的时间,在你破译出来第一句话之前我们最好还是先返回家。"巴德说。

"巴德,这样说你就错了。"

汤姆从翼片板的隔离间内拿出了一个笔记本并打开。有几页记着各种符号,下面是译文。他说这是他爸爸之前夜以继日编写的《星际词典》。在男孩们快要进入星剑之前,斯威夫特先生把这个册子交给了他的儿子。

"我不知道这个那么完整。"汤姆一页一页翻着词典说道,"当爸爸投入一项工作后,在完成之前他是不会放弃的。"

蜂鸣器再次响起来,信号灯也亮了!

汤姆激动地大叫道:"巴德,第三梯级也要准备分离了!一会儿后我们就能自由飞行了!"

巴德也高兴地补充道:"我们也快要得到那十万奖金了。汤姆,告诉他们,我们准备飞向火星,并且把奖金兑换成火星币!"

男孩们等着信号灯熄灭,增压器分离。过了几秒钟,信号灯忽明忽暗。突然汤姆的脸色变得煞白,他看到飞行带在不正常地运作。它停止了会,又颠簸着开始了。

毫无预警地传来一阵剧烈的震动,撞击得男孩们的胃都好像快要从身体里出来了一样。他们脸部的肌肉推挤着牙齿,肩膀也传来一阵疼痛,就好像被两只向下飞行的蝙蝠击打了一样。一阵强烈的战栗流过他们的身体。

"这部分一定是被堵住了!"汤姆大叫着扫了一眼巴德。

但是他的朋友已经向前跌倒了,没有了意识。

"巴德肯定在失去意识前撞到了头部。"年轻的发明家想着。他知道在这样的加速度下飞行,人的身体和四肢会像铅一样沉重,肌肉的协调力也会变差。

汤姆到了自动连接器旁,什么事情也没有!

他焦急地说:"我必须在喷射器熄灭之前把第三梯级分离出去!"

年轻的发明家知道当发动机停止时,他就不能驾驶飞船了,星剑将会开始漫无目的地上下颠倒着翻滚。如果鼻锥部分启动了,就会无目的飞行。

为了能够使喷射器在转换燃料时运作良好,发动机还是继续运转。但是在一切还来得及之前,他必须要把有故障的连接器分离出去。

汤姆咬紧牙关,滑向了机舱后方,跳进了全面抗热工作服。他拿起了一个工具箱,打开机房进入电机室,落在第三梯级厚重

第十九章 幽灵风

的门前，使用一个电子杠杆焦急地等待着大门打开。

在他检查问题时，发动机运作的噪声几乎让他快聋了。每次转不动的时候，汤姆都必须要坚持下去。他等待着火箭随时平稳地飞行，他心里抱着一线希望，希望燃料不要停止供给。

最后他来到分离不出去的那一部分。火箭再次翻滚之后，汤姆用力地扯掉连接器上面的遮盖物，然后重新设置操控装置，这样分离过程就能重新手动操作了。他把手伸进连接器内，灵活地移动了一下，把必要的电线接起来。

他必须在出现问题时返回飞行员遮篷。在现在的位置，他很容易被甩进太空。

第二十章　天外来祸

火箭向上冲时，汤姆听到发动机发出类似于咳嗽的声音。第三梯级燃料供给被切断了。

他顽强地走向鼻锥部分。突然由于发动机不平稳的推力，火箭开始向一边摆动，汤姆双腿摇晃着被挂在标记层停了一会儿。

最后一部分停止摆动时，发明家赶在飞船飞往其他方向之前，迅速地往上爬。在他快速爬升时，这部分又开始晃动。在最终到达目的地前，这样的晃动重复了多次。

到了有效载荷部分的发动机室，他暗暗地说道："这样的情况真得感谢我的幸运星。"

他迅速地用杠杆把这个现在几乎没用的部分锁在了厚重的舱门里。确定已经关紧之后，他快速地返回飞行员遮篷。

他的朋友还在那趴着。听到巴德均匀的呼吸声，汤姆松了一口气。在第三梯级分离之前汤姆并没有想办法叫醒他。

过了一会儿，回转仪上显示了飞船飞行的正确角度。汤姆屏住呼吸，推了一下手控按钮，分离了这部分。它会脱落吗？

几秒钟之后，停止运转的第三梯级分离了！火箭飞船剧烈地震动了一下，向前拖动了10米也没有出现其他状况，载人梯级部分切了进来。

第二十章 天外来祸

汤姆拍着他朋友的后背大叫着:"巴德!醒醒!"

但是巴德还是趴在地上不动。汤姆忽然间有一种可怕的想法,以这种比在地面快十倍的速度飞行,一次看起来很小的撞击都可能带来很严重的后果,对血肉之躯冲击非常大。他觉得巴德之所以晕了过去,是因为最后一梯级在分离时被卡住而突然产生的震动。

打开一个隔间,汤姆取出一个氨气酒精小瓶放在男孩的鼻子附近几秒钟,他的朋友突然动了一下,掀了掀嘴唇。

巴德的手臂动了之后,汤姆确定他很快就会醒过来,就立刻返回飞行员座位上集中精力去应对星剑飞行这项精细的工作,让它按计划进入预定的轨道飞行。

脱离地球引力之后他们已经上升了接近1600千米。

鼻锥部分的发动机现在应该晃动着形成一个巨大的弧往北极飞去。迅速地扫了一眼飞行器,一个东西让汤姆不安起来。虽然他们现在的加速度很小,但是已经飞很远了。他简单地回忆了一下飞行计划,他们应该朝着北方飞了很远。

汤姆心里立即隐隐升起了一种不安。他转头看看巴德,巴德已经睁开眼醒了,正试图坐起来。

他晕乎乎地问:"我们现在在哪里?桑迪和菲利斯还好吧?"

汤姆笑笑,他的朋友好像没什么事了,他安心了。"我们现在距离我们的朋友有1126千米。"他告诉了他刚才发生的撞击以及连接器出故障的事情。汤姆突然大叫了起来:"看!示波器上出现了什么东西!"

巴德现在还是迷糊着的,对这个不感兴趣。但是,汤姆的目光紧紧盯着屏幕上渐渐形成的数学符号。

"我们的太空朋友发来消息了。"汤姆发现这次信息和之前的那个并没有太大的区别,他接着说,"我想他们可能是想邀请我们到他们那里去吧。"

巴德小声说了句:"别开玩笑了。"

汤姆大叫了起来:"还有其他的符号!"

汤姆拿起来《星际词典》,忽然意识到舱内的温度太高了。一开始他认为是飞船到达这样空前的速度所产生的自然结果。但是没过多久,飞行员遮篷内变得越来越热了。

巴德说:"是什么出了问题吗?这里已经超过37℃了!"

汤姆看了一眼舱内的温度计,已经上升到50℃了,并且还在持续上升。

汤姆指着计量器大叫了一声:"喷射器坏了!难怪我们的速度没有正常的上升。"

巴德惊慌地说:"现在已经到了85℃了!"如果这个燃料发明装置工作的话,计量器上的温度应该立刻下降到15℃~35℃之间。燃料现在正顺利地流向旁边的支管。两分钟之内就会快速耗尽,不会为星剑留下一丁点返回地球的储存物。

汤姆解开身上的绷带走到舱尾,并且告诉巴德穿上太空服以备不时之需。汤姆猛地一下子拉开后舱壁的面板,让他纠结的是喷射器和它的连接线、溶解管线都混乱地搅在一起。让汤姆感到庆幸的是自动阀门已经打开了,燃料正往燃烧的喷射器内输送。然而如果这个燃料线一旦被堵住了,结果就是发生爆炸。

汤姆戴上一双石棉手套,在这里每一分钟都有死亡的危险,他用一只手把损坏的管线扯断,另一只手伸向那个夹在舱壁上备用的喷射器。在这种让人窒息的高温中,他全身发汗呼气急促,

第二十章 天外来祸

几秒钟之后他把新的管线插进去旋紧,这样才能收集太阳能,然后他喊了一声:"巴德,现在温度器上的情况怎么样?"

"正在下降,到了40℃——38℃——16℃,正常了!"

汤姆松了一口气,立刻返回座位,系紧绷带。他说很显然喷射器吸收了过量的太阳辐射造成了舱内超温。

这时舱内的温度再次变得凉快,温度计上的度数是18℃。汤姆放心地笑了。

他检查了一下喷射器的温度。度数还是在变化当中,速度计显示即使燃料供给量减少了,速度还是在增加。此刻所有的事情都进展得很顺利。

他说:"如果我们能保持现在的状态持续超过十三秒钟,我们就不用再担心喷射器了,可以安心进入自由飞行了。"

巴德大声说:"我们现在的速度已经达到每小时6920千米了。而且每秒钟速度都在增加,我们现在的高度是多少?"

汤姆不可思议地看着上面的度数说:"1600千米。"

这位副驾驶吹了声口哨:"天啊!速度真是迅速攀升啊!现在是时候开始竞赛了!"

高度在1730千米的时候,汤姆看看巴德,然后两人同时看向轨道飞行显示器。他们正在试图尝试人类最大胆的一次行动——在没有人类力量的帮助下,在太空中飞行。

当显示器上的刻度变成零时,汤姆关闭了点火开关。

喷射器停止运行,发动机也停止了!舱内安静得不真实!

第二十一章 太空来的消息

最初以每小时25400千米的速度自由飞行了几秒之后，巴德说："汤姆，这是我有史以来最顺利、最简单的一次飞行了，那种手和胳膊轻松的感觉特别舒服，特别是在我们下降之后。看起来这些太空站的材料也不是很坏。在这样的太空居住环境，我也能存活下来！"

"如果这有一个足球场你肯定能生活下来……"

汤姆并没有把话说完，因为新的数字符号又在示波器上显示出来了。刚刚喷射器处于高温情况时符号停止显示了。现在汤姆迅速地去查看这些符号，它们的脉冲显示得非常清楚，速度也很快。

汤姆再次拿起《星际词典》开始翻译这是什么意思。他眉头紧皱，最后说："巴德，我相信这是爸爸发来的信息，他用无线电联系不上我们，所以他用了这个方法。"

巴德焦急地说："说了什么啊？"

汤姆承认道自己也不明白说了什么。很显然，斯威夫特先生并没有发送足够的符号来表达自己确切的意思。想了几秒钟，汤

第二十一章 太空来的消息

姆严肃地说:"我觉得这个信息是想提醒我们罗特左格已经起飞了,并且决定赶上我们!"

巴德大喊一声:"天啊,你觉得在这个速度下,我们能够看到他并且及时阻止他吗?即使我们有雷达?"

汤姆叹了一声气说:"罗特左格是我遇到过的最有胆量的对手,也是最聪明的,我只希望他的雷达信号找不到我们!"

巴德突然想到一件事:"你带着那个太空望远镜了是吧?让我看看外面。"

汤姆从柜子里拿出一个望远镜交给他的朋友,转过身用发射器给他的爸爸回复已收到来信的消息。不一会儿,一个点划相间符号又出现了。汤姆认真地看着显示器。不一会儿用激动的声音告诉巴德:"我们的对手在E国提前发射了火箭!只比我们落后了几分钟!"

"天啊,太空的交通都让火箭专家堵塞了!"巴德说,"好吧,至少他还没有准备毁了我们。"

汤姆提醒他的同伴:"他是没有毁了我们,但是他想要赢得这场比赛。"

但是巴德还是非常相信星剑的实力。他笑着说:"你一定会赢得这场比赛的。"

"又来了一条消息。"汤姆说。

巴德在用望远镜向外望去,汤姆注意到前两个显示器上的符号跟他和他爸爸最初收到太空朋友发来的符号一样。现在他确定了这组符号是来自太空朋友的，而不是来自地球的。

巴德说："也许他们想在这里见见我们。"

汤姆迅速地翻译出来说："不，他们说我们即将遇到麻烦了。"

"是罗特左格吗？"

"我觉得不是。"

男孩们焦急地看着，但是显示器屏幕上再也没有出现符号。几秒钟的等待和观看之后，汤姆看向了轨道飞行显示器。显示器的指针从零的位置开始以不被人注意的速度向下移动。

汤姆激动地说："巴德，快看！我们快完成我们飞行，进入太空了！"

不一会儿，他们对敏感装置的推测得到了确认。他们感觉到星剑正在从右边向上飞行。

汤姆被这个毫无前兆的变化吓到了，权衡着是否要用火箭控制装置让发动机释放一些爆发力把星剑拉回原来的飞行轨道。决定这么做之后，他立刻打开了点火开关，发动机立刻咆哮着开始运行了。

几秒钟过去之后，他的脸色变得凝重起来，他大叫了一声："巴德，我确定我们又上升了93千米，我好像没有办法让这个力把我们送回预定轨道了！"

他打开了节流阀，星剑向后退了一下。有那么一段时间，汤姆好像已经破坏了拽着他们的神秘力量。但是之后飞船又立刻被这股压倒性的引力拽着，开始了沿着它新的不知名的轨道滑行。

巴德说："这肯定就是信息上试图警告我们的危险！我们是不是被另一个星球抓住了？"

第二十一章 太空来的消息

汤姆回答："我也怀疑是，我们还没有飞离地球多远，其他东西还是没法影响我们的。"

巴德问："那这是什么？又是罗特左格的诡计？"

"也许是。"

汤姆看着仪表盘，看看有没有什么其他的东西让他得到一点线索。他想着这样的拉力只有那些死亡的行星才有，但是这样的物体都在很远的外太空，他所知道的行星没有这样的拉力。

他的思考被记录仪上的东西打断，上面再次出现了一些符号。

他充满希望地说："或许这就是答案！"

这个发明家翻译出来了——"给斯威夫特打电话！"

这是来自太空人的警告，星剑正在接近流星区。那里有地磁引力，能够把飞船拉离原来的飞行轨道，把它们拉向毁灭性的陨石漩涡团！

巴德说："我们必须远离这里，我们还能拉回去么？"

汤姆回答："或许我们可以，但是得用现在的燃料。"

"我们必须抓住机会。"巴德催促道。

对于汤姆来说，他们现在的处境就像一个无助的游泳者被卷进了一个强劲的洪流。对于游泳者来说，最聪明的做法是不要逆流游泳，而是选择一个合适的角度直到能逃离这股力量。

另一组符号出现的时候年轻的发明家停止了思考。上面说："根据你目前的状态找到一个合适的角度脱离危险，然后我们会为你指出回到原来轨道的方向。"

这条信息和自己的想法是一样的，汤姆感到很高兴，决定就这样做。他把喷射器开到最大坚持五秒，突然向右摆动，然后关闭了发动机。

他期待着这样做是有效的。火箭好像静止了一会儿,然后那股地磁拉力又开始了,但是这次看起来没那么强烈了。

巴德高兴地大叫:"我们快要离开这里了。"

又重复了同样的操作之后,他们发现自己又上升了2410千米汤姆担忧地说:"又上升了,我们离地球越来越远了。"

就像帮助他们的人保证的那样,进一步指示符号开始显示了。巴德把这些符号抄下来,汤姆翻译。他们已经完成了第一步指示。然而,那些用来组成数学符号的点和线变成了一条线,开始慢慢消失。

男孩们紧张地看着但是再也没有符号了。它们完全消失了。

汤姆失望地看着他抄下来的那些数学符号。没有显示进一步的指示,它们现在也没有了价值。

"这就是结局了。"巴德消极地说。

汤姆并没有放弃,他转向那些他带来的特殊转换器,打开了几个小把手。

巴德问:"你准备干什么?"

汤姆回答:"试着联系这些太空朋友得到进一步的指示,如果我们要联系他们,那就是现在。"

利用《星际词典》,他迅速地抄下了一组符号,意思是"我们需要进一步的指示。"

他打开了发射器。为了引起他们的注意,他首先发送了太空朋友之前发给他们的信息的前两个符号。然后他写下了自己的回复。可还是没有回答。

他跟巴德说:"我会再试一次,如果联系不上他们,我们就

第二十一章 太空来的消息

就要重新规划轨道。"

汤姆不停歇地发送这些符号持续了大概一分钟，但是都没有收到回答。

"巴德，再让发动机启动五秒钟，全面的冲击一下喷射器，让我们离磁场区远一点！"

副驾驶去执行了，汤姆继续发送信息。操作完成之后，巴德问："有消息吗？"

"没有。"汤姆回答定，又再一次发射。汤姆前后把这些符号发射了三次，但是都没有成功。

突然，一个接孔器出现在了记录器上！

汤姆停止发射，看着这些，紧跟着有一个光点出现了，接着又出现了点和线，一个符号形成了。然后数字符号一个接一个地出现了。前三个跟汤姆之前发送给他们的一样。现在又出现了一串长长的数字符号。

汤姆大叫着："我们得到回答了！这就是逃离路线！"

第二十二章 凶 兆

巴德拿着便签认真仔细地抄下符号。汤姆迅速翻阅词典，尽量边看信息边做口头翻译。

奇怪的符号不再显示。汤姆明白了符号的意思后，立刻采取了行动。

他说道："巴德，把喷射器开到最大！"

巴德把喷射器的杠杆以最大弧度打开。

汤姆看着仪表盘上的钟表走了五秒钟，对巴德下了命令："现在切断操纵引擎。"

巴德照做了。然后汤姆按照外星人的全面航行指示，开始操作星剑在这个强大的隐形磁场的边缘轨道飞行。

根据指示，在一分钟以内星剑能够飞出这个流星磁场引力的控制。汤姆关闭了控制发动机的开关，巴德拉回了杠杆，中断了喷射器。

汤姆平静地说："我们现在只有等着看了。"

男孩们焦急地等待着，都不敢大声呼吸。接下来的几分钟，火箭没有发生任何变化，也没有任何移动。然而根据速度计显示，他们还在外太空以每小时17700千米的速度飞行，不是向流星那边飞过去，而是远离了它们。

巴德高兴地说："你做到了，超级预言家！天啊，我再也不想经历一次那样的惊吓了。我现在可以告诉你，我是多么的害怕那些符号是罗特左格发来的，想送我们去死！"

汤姆笑笑说："我自己也想了一会儿，但是这些符号有一个是直接发给我的。它并不是一个符号，之前在地球上已经用过了，所以我想罗特左格并不知道这些。"

"你指的是小鸟衔着这个虫子？他是怎么翻译的啊？"

"巴德，这个我也不知道，我跳过去了，谢天谢地这些没什么影响。"汤姆扫了一眼高度计和速度计继续说，"在八分钟内我们要返回我们的轨道。"

过了七分半钟之后，汤姆从轨道飞行显示器得知，火箭的鼻锥部分正在开始慢慢地朝着对的方向飞去。拉力变得更强了，汤姆再次简单操作火箭发动机，把速度调到需要的25440千米，让火箭在预定的轨道飞行。

汤姆和巴德握了握手。他们险些丧生了，任何语言都描述不出来他们现在的心情。

汤姆打开摄像机。在机器开始工作的时候，巴德说："我们经历的一切可以拍成一部奇幻电影了。特别是要呈现我们正在旋转相机的画面。这些在黑暗外太空的行星也要好好拍摄下来。可是，我们现在正朝着哪儿飞啊？"

汤姆说："我们正沿着北冰洋对角线那条航线飞行。"

巴德说："很接近罗特左格抛弃的基地。"

十五分钟后，男孩们向外看到了一幅壮观的景象。早上的太阳慢慢地升起来了，照在北极的冰帽上，把冰块变成了让人炫目的闪亮的巨型宝石。

汤姆感叹着说："要不是现在在太空，我们谁都不会发现极地有这样美丽的秘密！"

巴德说："你猜罗特左格现在在哪里啊？我们的哪个对手是从E国起飞的？"

"我希望他们在我们后面几千千米并且停在那里！"汤姆说。

"如果他们中的任何一个出现了，我们只能用策略击败他们了。"巴德说。

汤姆打开太空航行设备时，巴德问："我们现在位置在哪里？"

汤姆读着刻度说："我们现在在东经105度南纬60度。快接近南极了！"

火箭很快穿过了北冰洋地区，在黎明到来时到达了南美洲最低的边线。

汤姆看着雷达示波器说："现在还没有罗特左格和我们E国竞争对手的踪迹！"

汤姆继续浏览雷达显示器的每个方向，里面没有任何火箭、流星或者其他干扰物的踪迹。

巴德放松了下紧绷的肌肉说："这也太容易了吧！"

他的话刚落下没多久雷达屏幕上出现了一个小点，正在往这边飞来，与他们火箭轨道的距离并没有多远。

巴德大叫了一声："罗特左格！"

这个图像开始以不同的角度扫射，上下横穿屏幕。

汤姆大声说："这并不是普通的火箭！"

一个想法瞬间闪过他的脑海，这艘奇怪的空中飞行器会不会就是给他们发送信息的太空人的？

"是我们的太空朋友!"

巴德说:"希望是吧,我真的讨厌动武。"

"汤姆!"巴德突然大声叫了出来,"我刚刚在另一个雷达追踪器上看到两个小点。肯定是我们的E国对手。我的天啊,不要被任何一个攻击!"

汤姆看着第二个雷达屏幕想了一会儿。图像又隐隐出现了。他为了避免撞上,稍微改变一下自己的航线。然后他又用广角镜头看了一下前面的区域。

"几秒之后,我们就能更近地看一下那个神秘的火箭了。"

突然男孩们能看到火箭的轮廓了。

他发出信号想吸引一下对方火箭的注意,但是没有得到回应,巴德叫了出来:"屏幕上还有图像,但是变得越来越小了。"

汤姆叫道:"他们正在离开!"

巴德说:"但是不可能啊,我们飞行的速度大概是每小时96000千米!"

汤姆说:"现在我确定火箭里面肯定是我们的太空朋友,我能理解他们的飞行速度为什么胜过我们,但是我不知道他们为什么改变方向飞走了?"

巴德说:"只有一个原因,那就是罗特左格肯定也在附近!"

第二十三章　攻　击

那艘友好的宇宙飞船的轮廓完全消失在雷达示波器上，对比而言，汤姆的飞船以每小时96000千米的速度飞行就像蜗牛在爬一样。

巴德突然有个新想法，他对汤姆说："你说，他们会不会以为这是罗特左格的火箭？他们还没有安装能保护自己不受武器攻击的装置。"

汤姆吩咐巴德说："这也有可能，继续看着显示器，如果罗特左格在附近的话，我要确定一下。"

汤姆粗略计算了一下，然后说因为在磁场拖延了一会儿，他们比计划要晚了四分钟。

"我们还能再飞快点把时间赶回来吗？"巴德询问道。

汤姆回答他："我们可以通过打开几秒发动机飞得更快，但是这也不能解决问题，就算我们飞得快一点，地球也不能停止转动。我们还会飞出自己的轨道，甚至飞得更远……"

巴德理解了，并点点头问："好吧，现在我们能做什么？"

汤姆说："我能想出来的唯一办法就是重新点燃操纵发动机，这样的话就能够填补我们增加的离心力，让我们慢下来。我刚刚计算了一下我们要怎么样设置，我们最好让自己下降一些，每个不固定的东西都有可能撞到天花板。"

在将行李架固定之后，汤姆打开了喷射器。星剑开始加速并且持续了十秒钟，齿条向前滑动了之后，汤姆转了一个大圈看着飞行的速度计量器：每小时38600千米！

压力减轻之后，汤姆和巴德恢复了正常的坐姿。扫射太空的时候，男孩们紧张地看着显示器，发现一个光点出现在雷达。显示器上。

"我确定我们已经把距离追上来了！小子，我们的对手现在已经不可能追上我们了！在他们完成轨道飞行之前我们可以回家拿大奖了！不过。"巴德心满意足地说，"如果罗特左格不出现的话。"

汤姆说："如果他还打算赢得比赛的话他就一定会出现，对于我们来说这个比赛还有二十五分钟就结束了！"

汤姆迅速看了一眼定位仪器，在很远的后方，太阳正闪耀在亚马逊河上，而西面却是冰雪覆盖的高山。

巴德得意地笑着说："我们已经稳操胜券了，汤姆你可以——"

舷窗外一道惊人的闪光打断了他的话，紧接着他的心里涌起了对星剑的担心。

巴德大叫出声："汤姆，快看显示器，屏幕上又出现了光点！"

汤姆抽了一口气说："他们还带着导弹，他们找到我们了！"

巴德催促道："为了安全，我们还是离他们远点！"

汤姆知道要这样做的唯一办法就是改变航线，现在这个时候他最想做的就是改变航线。

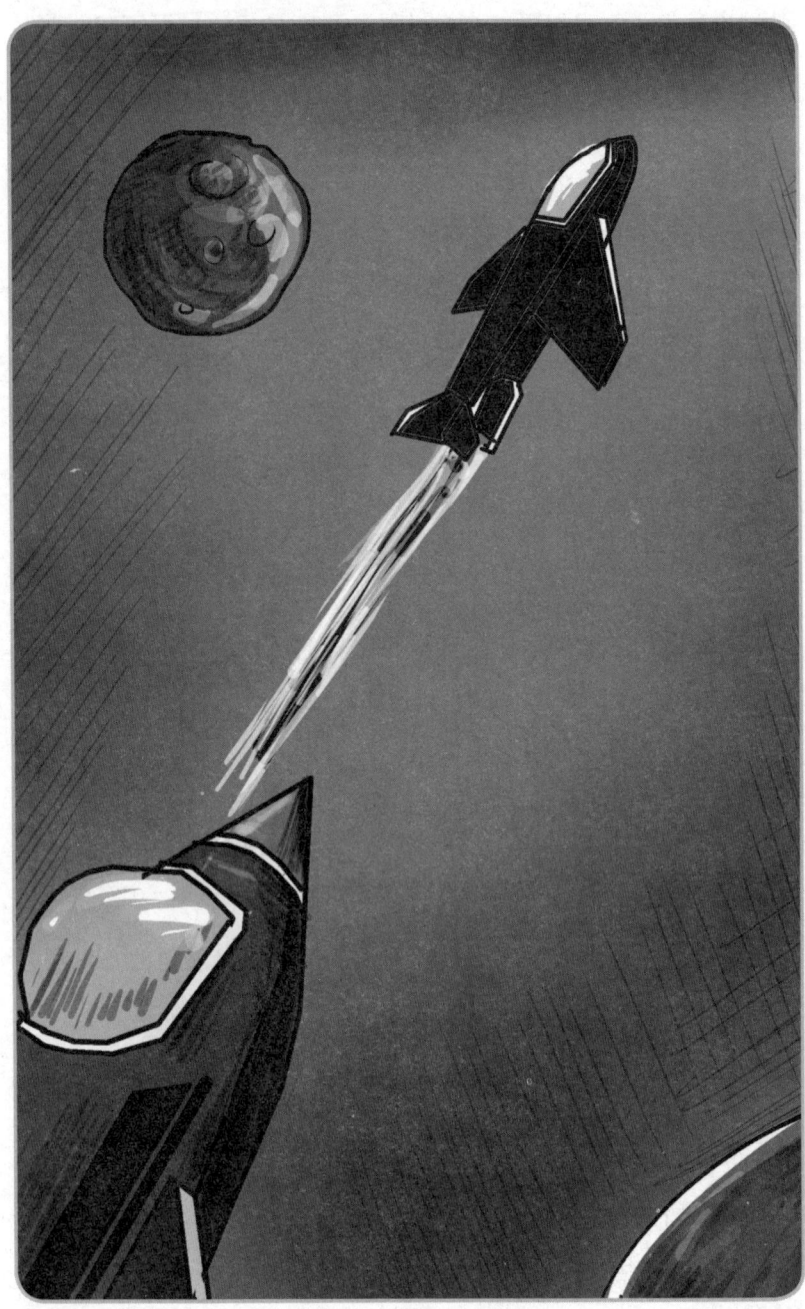

第二十三章 攻击

胜利在即,发明家真的很讨厌浪费时间来躲避罗特左格。超过这些E国人顶多只是一点点,区分胜利者和第二名的关键就是那几秒钟的时间。

汤姆告诉自己:"可是我还不想在太空中消失。"

他决定用些计谋,这样或许用不了多长时间就能把它的敌人甩掉。他迅速地走到控制装置前关闭了火箭操作引擎。火箭依然以快于轨道速度的速度飞行,星剑立刻对急速上升做出了回应。几秒之后,汤姆关闭了操作发动机,把火箭的方向转向了地球。

火箭不断地重启断开,汤姆能够让火箭沿着一条起起伏伏的小轨道不断地晃动,让罗特左格不能准确地对自己开火。罗特左格发射了导弹,但是却没法跟着汤姆过山车似的航线追上他们,也不能在边缘飞行,或者在后面追上他们。

巴德脸上还是充满了担忧:"汤姆,这样的办法可能会用光我们的燃料。没有燃料了,我们就没法回到地球了。"

汤姆冷静地说:"也许这就是罗特左格的想法,如果他真的还惦记着我们,这个魔鬼就能让我们在太空中消失。"

巴德说:"他是亲自过来的!"

汤姆看看燃料计量表,他没法再这样躲避了。

敌人的火箭在右后方呼啸着,他们的位置现在可以直接超过汤姆的飞船了。星剑现在的位置完全暴露在敌人的面前,它的侧面完全可以被攻击。如果他现在飞走,罗特左格可以跟上他们。汤姆知道他现在必须要赌一下用另外大量的燃料来躲过这次攻击了。

在罗特左格的火箭和他们近距离几乎平行的时候,汤姆打开了喷射器,转到了即将赶上的敌人飞船的下面。

第二十四章 载入史册的胜利

汤姆和巴德盯着速度计,他们以每小时48200千米的速度飞了几秒钟。有那么一会儿,罗特左格在他们脑海里不存在了。但是下一秒,男孩们意识到这样极限速度飞快地消耗了他们的储备燃料,星剑的每个部分都在发生变化。

下降到罗特左格的火箭下面之后,飞船开始沿着飞行轨道平行飞行。确定罗特左格追不上自己后,汤姆让飞船从轨道的对角线方向上升,直到重新回到预定轨道,然后切断了燃料供给。汤姆知道他已经用超了预定燃料。

巴德一直盯着雷达示波器,没过多久光点又出现了。这次,汤姆用计赢了他的敌人。

"我们现在在哪里?"巴德问。

"在巴马地峡上空。"一分钟之内汤姆忘记了有重力这么一回事,笑笑说,"第一站——U城!"

巴德大声说:"希望我妈妈和爸爸能在那里等着我们,见到他们我肯定特别开心。"

汤姆说:"我的家人和牛顿家估计不会有时间乘坐'蓝天女王'过来。"

巴德回应说:"其实我还没想到那些,想象一下,我们把世

第二十四章 载入史册的胜利

界各地的人都从费林岛集中到了U城。"

汤姆笑着说:"这也证明一句古话的真实性,回家的路无论多远都会变得很近。不管怎样,现在几点了?"

"一点四十五。"

无线电突然传来一阵破裂声。听到这个声音男孩们被吓了一跳,因为它已经安静了好长时间。

汤姆说:"是国际代码,一个求救信号。巴德,是罗特左格发来的!它的发动机启动不了了,燃料也快用尽了!"

安静了几秒钟后,一个请求回答的声音响起来。

巴德说:"不要帮助他,这是个陷阱!"

汤姆也很为难。就像巴德说的那样,回答他了就有可能暴露自己的方位,就给了他攻击自己的最后的机会。另一方面来说,他也无法不理这个天才的求救。

罗特左格再次求救的信息让汤姆决定帮助他。"就让我们冒一次险吧。"他对巴德说,然后开始回应他们的求救。

"我是汤姆·斯威夫特,发生了什么事?你现在在哪里?"汤姆重复了一遍信息。

等了一会儿之后,那边给了回答:"我是罗特左格,约翰逊也和我在一起,我们正在往太空飘,我们的空气调节器出现了故障。我们非常危险,你一定要帮助我们!"

巴德激动地大叫道:"你确定要帮助他们吗?五分钟前他们还在对我们开炮!现在罗特左格还有勇气开口让你帮助他们!"

汤姆早就把信息发过去了,了解更多关于他们燃料的信息。

"我们用的是氧气和酒精混合燃料,约翰逊告诉了我,你研发的设备的秘密,我制造了一个和你一样的臭氧转换器。在我们最后一次经过你身边时，它坏了。还剩下两千升燃料。"

汤姆问："你现在的位置在哪里？你燃料用什么合成的？"

巴德不可思议地看着汤姆，怀疑地说："你不会真的想帮他们吧？"

汤姆说："我真的不知道我们是否能帮他们，但是我现在开始想办法了。我们把他的无线电信号输进太空船智库，看看他们现在的位置和航线。不管怎样，我们能够知道他说的到底是不是真的。"

汤姆认真地听着罗特左格的回答，然后对巴德说："他用的是我试用的第一种混合燃料的办法，如果流动的速度太快就会出现问题，而且没法解决。"

太空智库找到了罗特左格的位置，证实了他们就在汤姆的后面，都在同一个轨道。

汤姆说："罗特左格和约翰逊的情况真的很不好，我不能坐视不管，让他们受太阳辐射。"

巴德也赞同这样的观点说："我想你是对的。"

汤姆继续发送消息："罗特左格，你旁边有硝酸银吗？"

罗特左格回答说有，然后汤姆快速地下了指示："打开臭氧转换器，把硝酸银倒进催化剂床。这样能够重新启动你在我这里借的发明。接下来在你返航的途中，不要再让燃料流经那里了。不要打开节流阀。"

这一次罗特左格没有回答了，巴德哼了一声说："他连一声谢谢都没有对你说。看吧，汤姆，他降落了之后你还要抓他吗？"

汤姆冷静地看看自己的手表说："你猜我会不会。我们现在

第二十四章 载入史册的胜利

最好忘了他，关心我们自己着陆的问题。我们的火箭飞船现在在加利福尼亚州的上空了，我们现在最好减速。"

他要求道："巴德，打开飞行带记录器。"

巴德照做之后，两个男孩相互看了一眼感到很满意。飞行几乎快要结束了！

汤姆在看了一眼燃料计量表之后，高兴突然转变成了担心，为了不坠机，他几乎用了太阳辐射的每度能量。

汤姆开始减速，在距离地球还有320千米的上空，星剑的速度几乎变成了零。他松了一口气，喷射器还在运行。

巴德看着他朋友脸上高兴的表情，来到他身边说："发明小子，你差点自己骗了自己！"

汤姆安静地承认，"是的。"

在96千米的上空喷射器停止了运行，汤姆切换成了正常的燃料线，不用再担心燃料的问题了。

飞行带记录器成功地解决了穿过外部空气层的难题。星剑翻转过来了，这样发动机的推力能够向上，减缓下降的速度。

男孩们几分钟内就能够看出U城的轮廓了，不久就在距海军机场1500米的上空徘徊 。

在他们飞近机场时，巴德大声叫道："看，好多人！"

人们开始兴奋地跑起来，好多人开着车过来了，新闻相机也放在了建筑的最顶端，电视设备牢牢地立在跑道上。

汤姆大声叫道："'蓝天女王'在那！我的家人在那边！"

汤姆看到陆地清场后，慢慢关闭了发动机，听到了人群中的欢呼。他把这架创造了历史的飞船停在了行政大楼前，飞船的镁合金支架竖立在跑道上。

在保持飞船平衡的情况下，着陆的重力开始分散，飞船慢慢地移动。汤姆关闭了引擎，打了一个手势让巴德打开那扇笨重、紧闭的舱门。

两个男孩向外看看，掌声变得更热烈了。他们不断地挥手向他俩示意。在他们后面也疯狂地挥手的是斯威夫特夫妇，牛顿家人，还有巴克利家人。

汤姆突然看了一下机场的大钟，现在才到九点二十。

他笑着说："巴德，看看那个表，我们是十点离开费林岛的，我周游了世界一圈用了不足四十分钟！"

巴德也笑着说："幸好没有在新加坡，真的太好了，要不然的话我们就得明天才能返回那里了！"

与此同时，新闻记者、摄影师、电视播音员都来到了星剑周围，男孩们站定后发表了一个声明。

当汤姆告诉人们他们遇到了罗特左格和约翰逊，并且说有关部门应该把他们抓起来之后，人们都瞪大了双眼。一位记者告诉男孩们渔夫领着拉德诺，已经找到了罗特左格在阿留申群岛隐藏的地方，警察们立刻采取了行动。尽管他们的火箭飞船在搜索的人赶到后发射了，所有罗特左格的工作人员也都被抓起来了。

一位记者说："汤姆·斯威夫特在你离开之前，告诉我你的下一个发明是什么？"

汤姆笑笑，耸耸肩说："现在还不知道，或许是一个巨型机器人。"

汤姆问是否有消息报道有火箭从E国起飞的。

一位在电视台工作的男人说："还没有。"

最后，男孩们的家人和朋友才穿过人群走了过来。

斯威夫特夫人抱着她的儿子说："汤姆，我简直不敢相信。

第二十四章 载入史册的胜利

亲爱的,恭喜你!"

"谢谢妈妈。"

桑迪搂着她的哥哥说:"下一次旅行我想做你的副驾驶。怎么样?"

巴德大声说:"你想抢了我的工作?不可能!"

汤姆对着菲利斯·牛顿笑了笑,说:"我们可以来一个四人组飞行。"菲利斯·牛顿踮起脚站了起来,害羞地亲了一下汤姆。

斯威夫特先生和汤姆紧紧地握过手之后,拍着他儿子的后背说:"这次旅行带了什么纪念品吗?"

汤姆回答说:"我们只给你带了礼物。你的灰尘收集器里面装满了太空中各种颜色的彩虹矿物微粒。"

此时,霍普金斯先生和火箭委员会的其他两名成员走过去看他们封闭起来的仪器。尽管收集的大部分数据是不会公布出去的,霍普金斯先生还是确定了星剑真正围着地球完成了轨道飞行。

在委员会成员恭喜男孩们的时候,一位记者赶过来带来了两个最新消息。一是罗特左格已经在南加利福尼亚被抓了,第二个消息是火箭竞争对手因为燃料不足并没有完成比赛,在百慕大群岛的一个小岛着陆了。

汤姆说:"太不幸了。"但是他的朋友却不这么认为。

霍普金斯走上前握住汤姆的手,通过麦克风说:"也就是说你赢得了比赛。赢得十万比赛奖金和此次大赛荣誉的十八是岁的汤姆·斯威夫特!"

"码"上冒险
>>> 和小睿一起
开启科幻世界

AI冒险搭档小睿老师

揭秘现在　科普视频解答生活中的奇妙

探索未来　趣味动画揭秘世界运转奥秘

冒险小队　交流园地，聊聊你的冒险经历

我是你的
冒险搭档小睿
你可以问我

没有太阳，地球会怎么样？

外星人真的存在吗？